son

17《セブンティーン》シーズン

巡るふたりの五七五

百舌涼一
Ryoichi Mozu

講談社

17シーズン

巡るふたりの五七五

百舌涼一
Ryoichi Mozu

目次

青くない【春】……5
七《なな》色《いろ》の【梅雨《つゆ》】……26
いつもと違《ちが》う【夏】……52
いつもどおりの【夏】……72

会えない【秋】……94
短くない【秋】……114
あたたかな【冬】……165
青くなる【春】……181
約束の【夏】……198

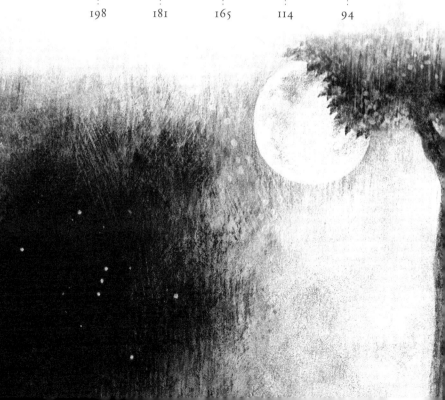

装丁　大岡喜直（next door design）
装画・目次イラスト　藤安初枝

青くない【春】

「奪《うば》えない　この青い春　何人《なんぴと》も」

クラスのみんなが黒板に注目するなか、ひとり他人《ひと》ごとのように窓《まど》の外を眺《なが》めていた音々《ねね》の耳に「五・七・五」のリズムがまるで歌のように届《とど》く。

日本語のはずなのに、たった十七音のはずなのに、それは外国の歌のように聞こえた。

「奪えない　この青い春　何人も」

もう一度、歌われ、いや、読みあげられてやっと音々はそれが、自分が書いた「スローガン」だと気づく。

顔を九十度方向転換《てんかん》。音々の両目は、外の空から、教室の黒板を捉《とら》えた。

春の空の青さと、教室の黒板の緑は、その距離《きょり》も明るさもあまりにも違《ちが》いすぎて、焦点《しょうてん》がすぐに合わない。音々は、まぶたをパチパチと二、三回またたかせた。

音々の視界《しかい》の解像度《かいぞうど》があがっていく。

黒板の中央には、チョークで書いたとはとても思えない綺麗《きれい》な字で、そう書かれていた。

【奪《うば》えない　この青い春　何人《なんぴと》も】

【何人も】の下には【正】の字がたくさん並《なら》んでいる。

「それでは、二年二組のスローガンは『奪えない　この青い春　何人も』に決定します」

学級委員として教壇《きょうだん》に立っている天神至《てんじんいたる》くんが、高らかに宣言《せんげん》した。

窓際《まどぎわ》の席に座《すわ》る音々は口を大きく開け、ぽかんとしてしまう。どうしてこんなことに、と頭を抱《かか》えたくなった。そうだ、そもそものはじまりは、校長先生のせいだった。

音々の通う中学校では、五月に体育祭が開催《かいさい》される。いろいろな準備《じゅんび》が並行《へいこう》して進められるなか、連休を前に、校長先生からある「お題」が出された。

――クラスを一致団結《いっちだんけつ》させる「スローガン」をみなさんで考えてください。

体育祭は、学年混合《こんごう》で赤組、青組、白組に分かれて開催されるのだからクラス単位の団結なんて関係ないのでは、と先生たちも含《ふく》めて誰《だれ》もが首をかしげたが、マイペースな校長先生はみんなの反応《はんのう》など気にしないようだ。

——もし進むべき道に迷《まよ》ったら、面白《おもしろ》いほうへ、が私《わたし》のモットーです。

毎度全校朝礼でそう宣言《せんげん》する変わり者の校長先生は、厄介《やっかい》なことに、やると決めたらすぐやる行動力と決断力《けつだんりょく》を持ったひとだった。

結局、連休明けに各クラスで体育祭に向けたスローガンを決め、垂《た》れ幕《まく》にして教室の窓《まど》から吊《つ》ることになってしまった。

今日のＬＨＲ《ロングホームルーム》は、そのスローガン決めが主な議題。

スローガンなんてどうでもいい、と思ったが、ひとり一案は考えるのが絶対《ぜったい》ということで、音々も参加せざるを得《え》なかった。

しぶしぶ一案だけ考えて提出《ていしゅつ》した。その後すべてのスローガンの中から自分がよいと思ったものを選んで紙に書き、二つ折りにして、投票箱にイン。

なんだか選挙みたいだ。まだ選挙権《せんきょけん》もないくせに、音々はそんな感想を抱《いだ》いていた。

正直なところ、自分の案が選ばれることなどないと思っていた。クラスの中でいちばん「一致団結《いっちだんけつ》」という四字熟語《よじじゅくご》に遠い存在《そんざい》が自分だという自負が音々にはあった。

なのに。なのに、だ。実際《じっさい》には音々の案が選ばれてしまった。途端《とたん》に嫌《いや》な予感がむくむくと湧《わ》き上《あ》がる。

「これ考えたの、誰《だれ》だよ〜！」

予感的中。クラスでいちばん声の大きい鹿沼朋希《しかぬまともき》くんが、いつも以上に大声で、教室中に質問《しつもん》を投げかける。

「え〜、あたしじゃないよ〜」

「オレでもねーし」

「そりゃ、そうでしょうね」

「どういう意味だよ！」

「ふっふっふっ、みんなやっと俺《おれ》の文才に気づいたようだね」

「やかましい！　座《すわ》っとけ。毎回漢字の小テスト十点のくせに」

鹿沼くんの一声をきっかけに、一気にざわつくクラス。みなが発案者という名の「犯《はん》人《にん》」探《さが》しに夢中《むちゅう》。お互《たが》いに顔を見ては、「おまえじゃないの？」と言い合っている。

こうなることは予想できた。うちのクラスはいい意味でも悪い意味でも常《つね》にテンションが高い。それが音々は苦手だったし、いちばん巻《ま》き込《こ》まれたくない「ノリ」だった。

音々は、クラス中を交差している視線《しせん》に交わらないように、机《つくえ》に突《つ》っ伏《ぷ》した。

「あれ、どうしたの松尾《まつお》さん？」

「気分でも悪いの？」

みんなと違《ちが》う行動をとったことが裏目《うらめ》に出てしまった。余計《よけい》に注目を浴びる結果に。

「もしかして、これ、松尾が考えたんじゃね？」

再《ふた》び鹿沼くんの大声が教室中を震《ふる》わせる。ついでに、音々の心臓《しんぞう》も震える。普段《ふだん》無神経《むしんけい》そうなキャラなのに、どうしてこういうところは鋭《するど》いんだ。

音々は自分の頭頂部《とうちょうぶ》に、肩《かた》に、背中《せなか》に、クラス中の視線《しせん》が集まっているのを感じた。まるで虫眼鏡《むしめがね》で光を一点に集められているかのように、クラスメートの刺《さ》すような視線は、熱を帯び、いまにもぶすぶすと煙《けむり》を出しそうだった。

「はい、はい、は〜い。無記名で書いた意味ぃ〜」

教壇《きょうだん》のほうで、大声ではないのに、よく通る声がした。天神くんの声だ。

音々はつねづね思っていたが、学級委員の天神くんは、いつもまるで歌っているかのように話す。聞き取りやすい発声と、流れるような滑舌《かつぜつ》。そして、それらを可能《かのう》にしている、計算《けいさん》され尽《つ》くした言葉選び。音々はそれをうらやましいと思っていた。

「確《たし》かに〜」

「至くんの言うとおりだね」

「ほら、鹿沼ぁ。ビークワイエット！」

クラスの中心グループの女子たちが、口々に天神くんに賛同《さんどう》する。

さきほどまで刺《さ》さるように痛《いた》かったクラスメートからの視線《しせん》がどこかにいってしまった。音々は、そろりと頭を上げる。

「誠《まこと》に申《もう》し訳《わけ》ありませんでしたぁ！」

鹿沼くんが、がたんと勢《いきお》いよく立って、天神くんに向かって頭を下げた。しかも、額《ひたい》が自分のスネにつきそうなくらい「ペタン」と、二つ折りに。

「ははは
っ！　どんな最敬礼《さいけいれい》だよ！　つか、身体柔《からだやわ》らかいな、朋希」

天神くんが愉快《ゆかい》そうにツッコミを入れた。それをきっかけにどっと笑いが起こる。

ムードメーカーとは天神くんのような人間のことを言うんだろうな、と音々は思った。

空気を変えるどころか、教室ではまるで空気のように存在《そんざい》を消している音々としては、天神くんと同じ空間で、同じ空気を吸《す》っていること自体が不思議に感じられた。

「でも、ほんと、ダントツでこのスローガンが一番だったね」

天神くんは黒板を振《ふ》り返《かえ》り、「改めて」といった感じでそうつぶやいた。

【奪《うば》えない　この青い春　何人《なんぴと》も】

音々は改めて【正】の字を数えてみる。全部で六個《こ》。音々のクラスは全部で三十四人だから、ほとんどの人間が音々の案に投票したことになる。

「青春」という言葉が持つ魔力《まりょく》のようなものを音々は感じた。思いがけず二年二組のスローガンとなってしまったが、これは、音々の本心でもなんでもない。

「奪《うば》われる　青春なんて　持ってない」

本当はそう書きたかった。音々に「青春」なんてキラキラしたものは似合《にあ》わない。いや、そもそも「青春」のほうが音々なんてお断《ことわ》りだろうと思っていた。こんな、友だちのひとりもいない「ぼっち」の自分なんて。

教室をそっと見回す。鹿沼くんが「令和の土下座《どげざ》スタイル」と叫《さけ》びながら、変なポーズをとっている。みながそれを見て笑っている。楽しそうだ。こういう何気ない瞬間《しゅんかん》もきっと「青春の一ページ」になるのだろう。ただ、そのページに音々の名前はない。

音々は、机《つくえ》の上に裏返《うらがえ》しで置いておいた次の授業《じゅぎょう》の教科書にちらりと目をやる。氏名の欄《らん》に【松尾音々】と、青春とは縁《えん》のない人間の名前があった。裏返していた教科書をそっと表にする。

国語の教科書。音々の好きな授業だ。成績《せいせき》だって悪くない。音々の国語の成績は、学年でも上位に入る。クラスなら一番、と言いたいところだが、その上が、というか、学年トップが音々と同じ二年二組にはいた。

「じゃあ、このスローガンを垂《た》れ幕《まく》にするんだけど、誰《だれ》か書いてくれるひと？」

国語の成績《せいせき》学年トップの天神くんがそう言いながら、みなの顔を見回している。

「おまいう？　至」

廊下側《ろうかがわ》の席から男子の声があがる。「おまいう」は「お前が言うな」の略《りゃく》で、自分のことを棚《たな》に上げた発言へのツッコミワードだが、いまのはちょっと使い方が違《ちが》っていた。

「どう考えたって、至が書いたほうがいいに決まってんじゃん」

教室中のみなが「そうだ、そうだ」とうなずいている。

「おまえ、書道十段《だん》なんだろ？」

決して皮肉的なトーンではない。素直《すなお》に「すげえな」という表情《ひょうじょう》で別の男子が叫《さけ》ぶ。

「十段もないよ。八段だよ」

天神くんが爽《さわ》やかに笑いながら返す。「それでも十分すごいって」と、天神ファンの女子が、意味もなく手を「パン！」と叩《たた》く。その音をきっかけに、

「じゃあ、至で決定な！」

学級委員でもなんでもない男子が、そう言って拍手《はくしゅ》をはじめた。すぐにクラス中が手を叩《たた》きはじめる。

「え〜、そんな簡単《かんたん》に決めちゃっていいの？」

そう言いながらも、この流れは仕方ないなという顔を、天神くんはしていた。

「じゃあ、文字は僕《ぼく》が書くから、それ以外の準備《じゅんび》とかは頼《たの》んだよ？」

「オッケー！」

大声自慢《じまん》の鹿沼くんが、クラスメート代表で叫《さけ》んだ。これで、今日のＬＨＲ《ロングホームルーム》の議題はすべて終了《しゅうりょう》だ。

キーンコーンカーンコーン
タイミングよく、五限《げん》の終わりを告《つ》げるチャイムが鳴る。これであとは六限の国語だけ。今日も一日長かったと、音々はふうっとため息をついた。

クラスメートたちが、がたがたと席を立ちはじめる。たった十分の短い休み時間で何ができるというのだろうか。予習でもすればいいのに、と音々は教科書を開こうとした。

「松尾さん。今日の放課後って、空いてる？」

顔を上げると、そこには天神くんがすらっと立っていた。長身だが細身の天神くんは、まさに「すらっ」という擬態語《ぎたいご》がぴったりだと音々は思った。

どちらかといえば平均《へいきん》以下の身長の音々は、そのコンプレックスもあって、他の女子のように素直《すなお》に天神くんをかっこいいと思うことができなかった。

「ちょっと、手伝ってほしいことがあるんだけど」

黙《だま》っていると、天神くんはそう続けた。

音々は固まってしまう。頭の中に「は?」がいくつも浮《う》かぶ。

国語の成績《せいせき》が学年一位で、学級委員で、しかも人気者の天神くんが私《わたし》なんかに何を手伝ってほしいというのか、と音々はパニックになった。

「じゃあ、放課後、教室に残っててね」

音々が何も言えずフリーズしていたら、天神くんが勝手に話を進めていく。どうやら音々の「沈黙《ちんもく》」を「イエス」ととったようだ。

物事をなんでもいい方向にとるのは、自分に自信のあるひとの悪い癖《くせ》だと音々は思った。音々だったら相手が黙っていたら、「否定《ひてい》」か「拒絶《きょぜつ》」のどちらかだと考える。

しかし、そんな音々の思いは天神くんには伝わらない。「じゃあ、あとでね~」と、軽《かろ》やかなステップで自分の席に戻《もど》っていった。

その夜、音々は、もやもやしていた。

結局、放課後、教室には残らなかったのだ。学級委員の天神くんが、職員室《しょくいんしつ》に日誌《にっし》を届《とど》けに行ったその隙《すき》に、すぐさま教室を、そして、学校を脱出《だっしゅつ》した。

晩《ばん》ごはんを食べ、お風呂《ふろ》に入り、自分の部屋に入って、いまさらながら、天神くんに悪いことをした気持ちになってきた。

約束をすっぽかしたことに反省のため息がもれた直後、向こうが勝手に約束したことだ、と思い直す。

申《もう》し訳《わけ》ないことをしたなという思いと、自分は悪くないという思いを行ったり来たり。音々はその無意味な気持ちの往復《おうふく》に、すっかり疲《つか》れてしまっていた。

こんなとき、音々は「書く」ことにしていた。小学生のとき、気持ちの整理のためにと勧《すす》められた方法が、いまでも続いている。気持ちの整理に、頭の整理に、そして、ストレス発散に、「書く」という行為《こうい》は音々の性格《せいかく》に合っていた。

寝転《ねころ》んでいたベッドから机《つくえ》に移動《いどう》する。小学校入学時に買ってもらった学習机は、中学生になったいま、音々の身体《からだ》にちょうどいいサイズになっていた。

椅子《いす》に座《すわ》り、三段目《だんめ》の引き出しから【№16】と番号が振《ふ》られたノートを取り出す。イラストも模様《もよう》もない、シンプルな大学ノート。

さあ、書くぞとシャーペンを握《にぎ》るも、その勢《いきお》いはすぐにブレーキをかけられた。ノートのページがなくなっていたのだ。

そうだった。本当は今日の帰りに買って帰るつもりだったのだ。なのに、学校から一刻《いっこく》も早く脱出《だっしゅつ》することで頭がいっぱいで、まっすぐ家に帰ってきてしまったのだ。いまのいままで、ノートを買うことなんてすっかり忘《わす》れてしまっていた。

それもこれも全部天神くんのせいだ、と音々は思った。

音々は、枕元《まくらもと》の目覚まし時計をちらりと見る。短針《たんしん》は【9】を少し通《とお》り過《す》ぎたところだった。いつもノートを買っている商店街の文具屋さんはもう閉《し》まっている。

明日《あした》にしようかとも思ったが、こんなもやもやした気持ちのままでは眠《ねむ》れる気がしない。パーカーを羽織《はお》って家を出る。

想像《そうぞう》していた以上に夜風が冷たい。音々は思わずパーカーのフードをかぶった。

二、三分歩くと、前方に青と白を基調《きちょう》とした看板《かんばん》が見えてくる。近づくと、春の新作スイーツを推《お》していることが「のぼり」や看板でわかる。晩《ばん》ごはんをおなかいっぱい食べたはずなのに、音々の喉《のど》がごくりと鳴った。

おかあさんの方針《ほうしん》で、松尾家ではあまり甘《あま》いおかしが出てこない。出ても素材《そざい》にこだわったヘルシーなおかし。コンビニスイーツなど、家族の話題にのぼることさえない。

音々は友だちと学校帰りに寄《よ》り道《みち》して「買い食い」をした経験《けいけん》もない。そもそも買い食いをする友だちがいない。

目の前でひらひらと春風にはためくのぼりにプリントされた「スイーツ」は、まさに未知なるもので、その味など、想像《そうぞう》することすらできなかった。

それなのに、ちゃんとおいしそうと感じてしまうことに音々は感心した。それは、コンビニ側の「宣伝《せんでん》」に対してもだし、人間の「食欲《しょくよく》」という本能的《ほんのうてき》な仕組みに対しても。

目的はノートだ。そう自分自身に言い聞かせ、音々は甘い誘惑《ゆうわく》から目を背《そむ》ける。一直線に文具コーナーに向かう。

ノートを手に、音々はレジに並《なら》んだ。

「だ〜か〜ら〜、マルメンライトだって言ってるだろうがよ」

音々はその荒々《あらあら》しい声に思わず「びくっ」と両肩《りょうかた》をすくめた。前に並んでいたおじさんが店員さんに対して怒鳴《どな》っているのだ。

「スイマセン、ドレデスカ？」

小麦色の肌《はだ》の店員さんが、レジカウンターの中でオロオロと困《こま》っている。

「それだよ、それ！　そこっ！　あ、ちげーって、もう！」

おじさんは、怒鳴《どな》りながらレジカウンターをバンバンと叩《たた》く。なんだかその場にいるのが怖《こわ》くなって、ノートを買うのは明日《あした》にしようかと、音々が列から離《はな》れようとしたそのときだった。

「店員さん、たぶん十七番のやつですよ」

背後《はいご》から聞き覚えのある声がした。こそっと振《ふ》り向《む》くと、そこには天神くんが立っていた。視線《しせん》はまっすぐレジカウンターの奥《おく》のタバコの棚《たな》。音々には気づいていないようだった。

「コ、コレデイイデスカ？」

「十七番」のタバコを手に、店員さんがおじさんに確認《かくにん》する。

「これだよ、これ。ちぇっ、どんだけ待たせんだよ、ったくよ」

会計と舌打《したう》ちを同時にしてから、おじさんはコンビニを出ていった。

「最初から、番号で頼《たの》めばいいのに……」

背後《はいご》で天神くんが少しだけ苛立《いらだ》った口調でそうつぶやいた。おそらく独《ひと》り言《ごと》だ。やっぱり前に音々が並《なら》んでいることには気づいていない。

「フクロ、イリマスカ？」

店員さんの質問《しつもん》で、いつの間にか自分の番がきていることに音々は気づいた。

「いりません」の意思表示《ひょうじ》に、首を横に振《ふ》ると、そのジェスチャーはすぐに伝わった。言葉より、身振り手振りのほうがコミュニケーションとして適《てき》していることがあるのかもしれない、と音々は思った。

会計を済《す》ますと音々は逃《に》げるようにコンビニを出ようとした。

「え？　あれ？　もしかして、松尾さん？」

気づかれた。音々は一瞬《いっしゅん》、聞こえなかったふりをして出ていってしまおうかと思ったが、反射的《はんしゃてき》に足が止まってしまった。

「やっぱり、松尾さんだ。フードかぶってたからわかんなかったよ」

自分の買い物を済ませた天神くんが、エコバッグを片手《かたて》に近寄《ちかよ》ってくる。

「家、このへんなの？」

天神くんの質問に、ただこくりとうなずいて答える。このあたりで天神くんを見かけたことはない。たぶん、天神くんはご近所さんではないはず。

「僕《ぼく》は、ちょっと『ギンコウ』にね」

音々の疑問《ぎもん》に気づいたのか、天神くんはそう説明してくれた。しかし、音々の疑問はさらに深まってしまう。

こんな時間に銀行になんの用だろうか。商店街の文具屋さんですら閉《し》まっている時間だ。銀行だってきっと閉まっているに違《ちが》いない。

「ちょっと話さない？」

音々の返事も待たずに天神くんはコンビニを出ていった。

天神くんは、コンビニ前の駐車場《ちゅうしゃじょう》で、いま買ったであろうペットボトルのお茶を、ごくごくと勢《いきお》いよく飲んでいる。

音々は、そのまま天神くんの脇《わき》をすり抜《ぬ》けて帰ってしまおうかと思った。しかし、学校に続いて、二回連続で無視《むし》するのはさすがに申《もう》し訳《わけ》ない気がした。

音々はノートを胸《むね》にぎゅっと抱《だ》きしめた。まだ一文字も書いていないけれど、ノートがあることで、少し気持ちを整理できるような気がした。ゆっくりと天神くんのほうに歩《あゆ》み寄《よ》る。

「かわやなぎ　風に逆《さか》らい　うらおもて」

そばに立つと、ペットボトルから「ぷはっ」と口を外した天神くんは、突然《とつぜん》意味不明な言葉をつぶやいた。

「さっき吟行中《ぎんこうちゅう》、川沿《かわぞ》いを歩いてたときに『カワヤナギ』を見つけてさ、って、ああ！」

音々の表情《ひょうじょう》を見て、天神くんは何かに気づいたみたいだった。

「『吟行』なんていきなり言われても知らないよね」

どうやら「銀行」のことではないようだ、ということに音々は気づいた。

「詩とか歌とかを詠《よ》むために、僕《ぼく》の場合は俳句《はいく》だけど、その題材探《だいざいさが》しに出かけることを『吟行』っていうんだ」

なるほど、と音々は心の中で「ぽんっ」と手を打った。そして、天神くんがつぶやいたのが「俳句」であるということにもいま気づいた。

「松尾さんの今日のスローガン、川柳《せんりゅう》としてもすごくよくできてたね」

音々の顔がボッと赤くなる。天神くんにはあのスローガンが音々のだとバレていたのだ。

いつも教室の端《はし》っこでひとりぼっちで過《す》ごしている自分が「青い春」とか「奪《うば》えない」

とか、そんなことを考えていると他人に知られてしまったことが、音々にはすごく恥《は》ずかしかった。思わず、フードをさらに深くかぶって赤くなった顔を隠《かく》す。

「うん、ほんと、よく『見てる』なって思った」

音々はハッと顔を上げた。「見てる」という天神くんの言葉に反応《はんのう》してしまったのだ。

「クラスのみんながどんなことを考えてるのかよく見てるな〜ってさ」

図星だった。音々は他人とコミュニケーションをとるのは苦手だったが、遠巻《とおま》きにひとを見ているのは嫌《きら》いではなかった。「人間観察」というやつだ。

「川柳《せんりゅう》は、ひとの心情《しんじょう》を詠《よ》む詩だからね。ひとを見ることが好きなひとに向いてるんだ」

音々が考えたのは「スローガン」であって、「川柳」のつもりなどさらさらなかった。

「奪《うば》えない　この青い春　何人《なんぴと》も」

また天神くんが音々の、いや、二年二組のスローガンとなってしまった言葉を歌うように詠みあげる。今日だけで何度耳にしただろうか。いい加減《かげん》、慣《な》れてもいいものだが、音々は聞くたびに、なんだか責《せ》められている気分になってしまう。

「ほら、綺麗《きれい》な五・七・五だろ？　このたった十七音でひとの世を表現《ひょうげん》するのが川柳さ」

天神くんは、まるでその「川柳」を自分が発明したかのように、誇《ほこ》らしげだ。

「同じ五・七・五の十七音でも、俳句《はいく》は自然がテーマ。宇宙《うちゅう》を中心にした詩なんだよ」

これまた、さきほどの「川柳《せんりゅう》」よりもさらに自慢《じまん》げに、天神くんは胸《むね》を張《は》って語る。

「っと、ごめん。こんな話、いきなりされても引いちゃうよね」

ドヤ顔をしたり、おろおろしたりと忙《いそが》しく変化する天神くんの表情《ひょうじょう》が、音々には新鮮《しんせん》だった。教室ではいつもクールで、たとえ口元では笑っていても、目の奥《おく》には冷静な光が残っている印象《いんしょう》があったから。

おそらく、ずっとクラスのみんなを観察している音々だから感じていることだと思う。二年二組のまとめ役で、人気者で、優等生《ゆうとうせい》。そんな天神くんが実は心から笑っていることが少ないなんて、誰《だれ》が気づくだろうか。

「でも、嬉《うれ》しかったんだ。うちのクラスにも、十七音の素晴《すば》らしさをわかっているひとがいるって知って、テンションあがっちゃってさ」

天神くんは、自分でも興奮《こうふん》しすぎていることに気づき、頭をかきながら反省の弁《べん》を述《の》べる。その仕草が、一層《いっそう》、普段《ふだん》の学級委員のときとは別人のように見えて、音々は「ドキリ」としてしまう。

「あ、そういえば、今日の放課後のことだけど……」

思い出したように天神くんが切り出したとき、音々の心臓《しんぞう》はさっきとは違《ちが》い「ギクリ」と音を立てた。

音々は顔を上げられない。無視《むし》したことを責《せ》められるのだと思った。謝《あやま》らないと。でも、言葉が出てこない。

「ごめんね、松尾さんの予定も聞かずに勝手に決めちゃって」

天神くんが頭を下げた。驚《おどろ》いて、音々は顔を上げてしまう。謝罪《しゃざい》終《お》わりの天神くんの頭が元の位置に戻《もど》ってきて目が合ってしまう。

「あんな素敵《すてき》な五七五を紡《つむ》ぐ松尾さんに、僕《ぼく》の吟行《ぎんこう》を手伝ってもらいたいって思ったんだ」

吟行を手伝う。それは、つまり天神くんとふたりでお出かけするということだ。そんなの無理に決まっている。音々は首がちぎれそうなほど、ブンブンと左右に強く振《ふ》った。

「そうだよね。いきなり吟行はないよね……」

天神くんの顔は、心から残念そうだった。音々の喉《のど》がぎゅっと詰《つ》まる。そんな顔をされたら、自分がとても悪いことをしたような気持ちになってしまう。

「でも、吟行じゃなきゃいいよね？」

沈《しず》んだ表情《ひょうじょう》から一転、天神くんの顔がぱあっと明るくなる。全然諦《あきら》めていない顔だ。

音々は、その折れない心に感心しながらも、少し呆《あき》れてしまう。

「今度『クカイ』に来てよ。隣町《となりまち》の公民館でやってるから」

天神くんはスマホを取り出した。「ＩＤ交換《こうかん》」のためだと、言われるまで気づかなかった。

「詳細《しょうさい》、送っとくからね～」

音々の連絡先《れんらくさき》が追加されたスマホを掲《かか》げながら、天神くんは嬉《うれ》しそうに走り去っていった。

コンビニの青白い灯《あか》りが届《とど》かない闇夜《やみよ》に消えていく天神くんを、音々は呼《よ》び止《と》めることもできず、ただ見送るだけだった。

七色《なないろ》の【梅雨《つゆ》】

入り口に立ったまま、音々《ねね》は言《い》い訳《わけ》を考えていた。

「たまたま近くに来たから」「雨が急に降《ふ》ってきたから」「一度公民館ってとこに入ってみたかったから」。どれも嘘《うそ》くさい。

たまたま来るほど近所でもないし、雨は朝から降っていたし、なんなら傘《かさ》もばっちり持っているし。公民館は一度入ってみたいというようなアミューズメント要素《ようそ》の強い施設《しせつ》ではないことも知っていた。

音々はもう一度スマホを見た。

【ここで隔週《かくしゅう》土曜の午後に句会《くかい》やってるよ】

コンビニでたまたま遭遇《そうぐう》したあと、すぐに天神《てんじん》くんから送られてきたメッセージと地図。「既読《きどく》」はつけた。返事はしていない。

かれこれ一か月。メッセージも、教室で目が合っても、ずっとスルーし続けてきた。これからもそうすればいいだけ。頭ではそう思っている。でも音々は来てしまった。近くもないのに、雨も降《ふ》っているのに。

「松尾《まつお》さん？　やった！　来てくれたんだ」

突然《とつぜん》、公民館の中から声をかけられた。心の準備《じゅんび》がまだできていなかった。口から準備不足の心臓《しんぞう》が飛び出そうになる。

満面の笑《え》みで天神くんが外に出てきた。

「ねえ、詠《よ》んでいこうよ」

天神くんが、建物の中を指差す。音々がガラス張《ば》りの自動ドアから中をのぞくと、一室のドアの前に【五月雨句会《さみだれくかい》】と書かれた看板《かんばん》が置かれていた。

音々は縦《たて》でもなく、横でもなく、どちらともとれるような角度で首を振《ふ》った。

「よかった。さあ、こっちだよ」

天神くんは、その角度を「イエス」と判断《はんだん》したようだ。いや、天神くんなら音々が真横に首を振っても「ノー」とはとらなかったかもしれない。

ただ、いまの音々は少々強引《ごういん》なくらいがちょうどよかった。自分で自分の気持ちに答えが出せない。そんな問題に出合ったとき、誰《だれ》かが代わりに解《と》いてくれるのが音々にはありがたかった。

それなのに、音々の足はまだ迷《まよ》っていた。天神くんのあとをついていけない。

「嬉歌《うた》ちゃん、その子は？」

【五月雨句会】が開催《かいさい》されているという部屋から、男のひとが出てきた。髪《かみ》の毛《け》の両サイドだけ綺麗《きれい》に白髪《しらが》になっているのが印象的《いんしょうてき》だ。

「一先生《にのまえ》。このひと、入会希望です」

天神くんの発言に、音々はぎょっとする。一言もそんなことは言っていない。まさか、優等生《ゆうとうせい》の天神くんが嘘《うそ》をつくなんて。

「あら、そうなの？　嬉《うれ》しい！　さあ、入って入って」

「ニノマエ先生」と呼《よ》ばれたその男性《だんせい》は、ささっと音々の背後《はいご》にまわり、背中《せなか》を押《お》して強引《ごういん》に部屋の中へ入れてしまった。

そこには、十人くらいの大人が集まっていた。女のひとは半分くらい。

みんなが一斉《いっせい》に、入室してきた音々のほうを見る。その視線《しせん》に、ぎゅっと心臓《しんぞう》をつかまれたように感じる。喉《のど》もきゅっと締《し》まる。唇《くちびる》も一気に乾《かわ》いていく。

「みなさん、今日は飛び入り参加がありましたよ！」

一先生《にのまえ》がよく通る声で言った。歓声《かんせい》があがる。どうやら歓迎《かんげい》はされているらしいが、それで音々の緊張《きんちょう》がほぐれるわけではない。

「大丈夫《だいじょうぶ》。みんな、俳句好《はいくず》きなひとたちだから」

天神くんが太鼓判《たいこばん》を押《お》す。なぜ俳句が好きなひとなら大丈夫なのか。「俳句好き＝いいひと」の図式は音々の中にはまだない。

緊張はおさまらないが、この状況《じょうきょう》ですぐさま回れ右して逃《に》げ出《だ》すのも勇気がいる。音々は隅《すみ》にあるパイプ椅子《いす》に座《すわ》って少し様子をみることにした。

「嬉歌《うた》ちゃん、ちゃんと説明してあげてよ。初めてなんでしょ、その子？」

「わかりましたっ！」

天神くんは右手で敬礼《けいれい》するようなジェスチャーをした。こんなおどけた仕草をする天神くんを初めて見た。まるで大声おふざけキャラの鹿沼《しかぬま》くんみたいだ。

教室では、誰《だれ》からも好かれながら、誰に対しても一定の距離《きょり》をとっているように音々には感じられる天神くんだが、ここでの彼《かれ》はとても素直《すなお》で自然な表情《ひょうじょう》をしているように見えた。

教室とここの違《ちが》いはなんだろうか。答えはひとつ。俳《はい》句《く》を詠《よ》んでいるかいないか、だ。

だから天神くんは、みんないいひとだと言い切れるのかも。音々はそう推《すい》理《り》した。それほどまでに「俳句」が天神くんにとって重要なものなのだ、きっと。

「なんでウタ？　至《いたる》じゃないの？　下の名は？」

さっきからずっと疑《ぎ》問《もん》だったことを口にしてみた。滅《めっ》多《た》に家族以外と会話することのない音々にとって、これはかなり勇気を振《ふ》り絞《しぼ》った末のことだった。

変じゃなかったかな。声、ちゃんと出てたよね。気持ちを口にしてみたあとも、心配ばかりが音々の頭に浮《う》かぶ。

天神くんは一瞬《いっしゅん》意外そうな顔をしたが、すぐに笑顔《えがお》に戻《もど》って音々の質問《しつもん》に答えてくれた。

「ああ。これ『ハイゴウ』なんだ。『ガゴウ』ともいうかな」

「ハイゴウ」に「ガゴウ」。またまた音々の知らない単語が登場する。本当に、俳句は音々にとって未知の世界なんだと思い知らされる。

「俳句を読むひとが名乗る『雅号《がごう》』を『俳号《はいごう》』っていうんだけど、まあ、いわゆるペンネームみたいなもの？」

天神くんが「？」顔の音々にわかりやすく説明してくれる。

「ちなみに、先生の『二』《にのまえ》も俳号《はいごう》だよ」

この句会《くかい》では、みな、俳号で呼《よ》び合《あ》うことをルールとしているようだ。音々には、それが少しうらやましく思えた。「音々」という名前は、過去《かこ》のトラウマと直結しているから。

――ねねねのねねちゃんだね。

急に「あの子」の声が、耳の奥《おく》で響《ひび》く。気のせいだ。わかっている。なのに、昔の記憶《きおく》が、音々の鼓膜《こまく》を震《ふる》わせる。音々は咄嗟《とっさ》に手で耳をふさいだ。

「え？　え？　松尾さん？　どうしたの？　俳句の説明、そんなに嫌《いや》だった？」

突然《とつぜん》の行動に、天神くんも驚《おどろ》いている。それはそうだ。これから自分の大好きな俳句のことを説明しようとしているのに、目の前で耳をふさがれては。

音々は、天神くんのせいじゃないという意味で、首を強く左右に振《ふ》った。

「よかった、あんまりしつこくして嫌《きら》われたかと思った」

しつこくしていた自覚はあったのか、と音々は少し呆《あき》れた。そして、少しおかしくなった。口から「ふふっ」と笑い声が漏《も》れる。

「あ、笑った。僕《ぼく》、松尾さんが笑うの初めて見たかも」

天神くんが真顔で失礼なことを言う。けど、確《たし》かにそうかもしれない。音々自身、この前いつ人前で笑ったか、思い出せないし。

「じゃあ、気を取り直して続けるね」

ひと呼吸《こきゅう》置いて、天神くんは、俳号《はいごう》は本名をもじってつけることが多いと教えてくれた。そうなると、天神くんの「嬉歌《うた》」というのも本名に関係するのだろうか。でも、「天神至」という名をどういじくりまわしても「嬉歌」にはならない気がした。

「僕の俳号の由来は、ナ・イ・ショ」

冗談《じょうだん》ぽく言っていたが、天神くんの目の奥《おく》は笑っていなかった。それ以上の詮索《せんさく》を許《ゆる》さない空気を感じる。天神くんは、俳号の話からさらっと句会《くかい》の説明に移《うつ》った。

「句会は、互選句会《ごせんくかい》ともいってね、参加するひとが俳句を出し合って、いい句を選んだり、評価《ひょうか》したりするんだよ」

考えた俳句を短冊《たんざく》に書いて提出《ていしゅつ》することを「出句《しゅっく》」というらしい。このとき、名前も俳号も書かない。誰《だれ》が書いたのかわからないようにするのがルールだと天神くんは言った。

「その中から、自分がよいと思ったものを『特選』とか『秀逸《しゅういつ》』とかって選ぶんだ」

それが「選句《せんく》」。その後、批評《ひひょう》し合《あ》って、成績《せいせき》発表をするらしい。

「その流れ、スローガンのと似《に》てる気が……？」

小さな紙に無記名で各自がスローガンを書いて、それをみんなで選んで。体育祭のスローガンを決めたときの流れは句会の流れによく似ている。

「あ、やっぱ気づいた？　そう、あれは実は『スローガン句会』だったんだ」

スローガンをつくるのは校長先生が決めたことだったが、その決め方自体は各クラスに委ねられていた。句会みたいにしたのは天神くんのアイディアだったようだ。

「他にも吟行《ぎんこう》しながら句をつくって持《も》ち寄《よ》る『吟行句会《ぎんこうくかい》』とか、テーマや季語があらかじめ決められている『題詠句会《だいえいくかい》』とかがあるよ」

「吟行」が「銀行」ではないことはもう音々も知っている。みんなで散策《さんさく》して、集まって俳句《はいく》を詠《よ》んで。まるで遠足のようだ。音々は目の前にいる大人たちがリュックサックを背負《しょ》って野山を歩いている姿《すがた》を想像《そうぞう》してしまい、ちょっとおかしくなった。

「あ、また笑った。今日はよく笑うね」

音々も自分のことながら不思議だった。家族の前でもこんなに笑うことなどない。

なぜ初めて来た公民館で、初めて句会なるものを見学していて、隣《となり》にクラスメートの天神くんまで座《すわ》っているのに笑ったりできるのだろう。音々は自分で自分が信じられなかった。

いまの中学に「あの子」はいない。でも、学校という空間が、クラスメートという関係《かんけい》性《せい》が、無意識《むいしき》に「あの子」を思い出させているのかもしれない。

ここは、学校でも家でもない。ほとんどが年上のひとたち。それも、本名を知らなくても平気な、不思議なつながりで集まったひとたち。その、「いつもの場所ではない」ということが、音々にとっては、緊張《きんちょう》よりも、安心につながっているのかもしれない。

ただ、それだけでもない気が、音々にはしていた。

『すいこんだ　つゆの残り香　ため息に』

部屋の中央のほうで、誰《だれ》かが俳句《はいく》を詠《よ》みあげた。選句がはじまったのだ、と天神くんが教えてくれる。

「すいこんだ　つゆの残り香　ため息に」。もう一度、詠みあげられる句が音々の耳に入り、脳《のう》を揺《ゆ》らし、心に沁《し》み込《こ》んでいく。

この十七音のせいかもしれないと音々は思った。スローガンのときも無意識《むいしき》だった。さっき、天神くんに質問《しつもん》したときも無意識に十七音になっていたことに気づく。

もしかしたら音々は、気づかないところで「五・七・五」の影響《えいきょう》を強く受けていたのかもしれない。それは、町で見かけた防犯《ぼうはん》の「標語」かもしれないし、お茶のペットボトルに書いてある「川柳《せんりゅう》」かもしれないし、テレビで芸能人《げいのうじん》が披露《ひろう》していた「俳句《はいく》」かもしれない。

想像《そうぞう》以上にこのリズム、この音数は、世の中にあふれていて、この世界を構成《こうせい》するひとつの要素《ようそ》になっているのかもしれない。

そんな短くも印象的《いんしょうてき》な十七音に、音々はいつの間にか惹《ひ》かれていたのだ、きっと。

ここにいるひとたちは、俳句という十七音をとても大事にしている。その事実が音々にほんのりとした仲間意識を芽生えさせ、落ち着かせているのだろうか。

「ふふふ」

ふいに横から、笑い声が聞こえて、音々はびっくりする。見ると、天神くんがとても嬉《うれ》しそうに笑っていた。

「やっぱり、思ったとおりだった」

何が思ったとおりだというのだろうか。音々は意味がわからず、首をかしげる。

「松尾さんは、絶対《ぜったい》こっちの世界に合ってると思ってたんだ、僕《ぼく》」

いつものしっかりとしたクールな学級委員の顔ではなく、小さな子どもみたいな笑顔《えがお》で天神くんは言った。

「体育祭のスローガンには、松尾さんの鋭《するど》い観察眼《かんさつがん》も含《ふく》まれていたけど……」

以前、吟行帰《ぎんこうがえ》りの天神くんに言われたことだ。天神くんは少し間を置いて、続ける。

「一文字一文字に、いや、一音一音に、松尾さんの強い熱みたいなものを感じたんだよね」

天神くんの言っている意味が、いまいちピンとこない音々。そこまで真剣《しんけん》に取り組んだつもりもなかったのだが。

「なんだろうな。『伝えたい！　表現《ひょうげん》したい！』って、そんな気持ちがこもってるような気がしたんだ」

天神くんは音々のほうじゃなく、自分の手のひらを見つめながら、そう言った。まるでそこにあのときのスローガンが書かれているかのように。

「そんなこと、思ったことも、なかったな」

音々もつられて、自分の手のひらを見て、ぼそりとつぶやく。

「そう。その五・七・五のリズムが自然に出る感じ」

今度は音々の顔をしっかり見つめて天神くんは言った。

天神くんは音々の話し方に気づいていたのだ。

「変じゃない？　この喋《しゃべ》り方《かた》、どう思う？」

思い切って音々は聞いてみた。

「変なもんか」

天神くんが即答《そくとう》する。音々は嬉《うれ》しくなる。瞼《まぶた》の裏《うら》あたりが、熱くなるのがわかった。

「本来、詩なんて自由なものなんだ。でも、そこをあえて、十七音に限定《げんてい》することで、誰《だれ》もが同じ高さに立って、同じ景色を見て、同じ感動を味わえるんだ。それって、すごく平等で素晴《すば》らしいことだと思わない？」

ぐぐっと天神くんの顔が近づいてくる。思わず音々はのけぞってしまう。嫌《いや》だったわけじゃない。ただ、天神くんの澄《す》んだ黒目が目の前に迫《せま》ると「そんな立派《りっぱ》な理由じゃない」と、恥《は》ずかしくなってしまったから。

そんな音々の手をつかんで、天神くんは立ち上がった。

「ねえ、松尾さんも詠《よ》んでみようよ」

そう言うと、またしても強引《ごういん》に、音々を部屋の中央に引《ひ》っ張《ぱ》っていく。

「無理だって。心の準備《じゅんび》、できてない！」

天神くんは聞いてくれない。こういうマイペースなところは、むしろ学校にいるときよりもひどいかもしれない。

「テーマをあらかじめ決める題詠句会《だいえいくかい》の中でも『席題』ってのがあってね。句会当日に発表されたお題に対してみなが即興《そっきょう》で句を詠むんだ」

だから事前準備も心の準備もいらないと天神くんは言う。そういうことじゃないと音々は叫《さけ》びたかったが、気づけば、みんなの輪の中に。

「あら、グッドタイミング！」

一《にのまえ》先生が、ポンと手を叩《たた》く。

「ちょうどいまから席題を発表するところだったのよ」

音々が参加することはすでに決まっていたかのような空気だ。一先生をはじめ、みなが「ウェルカム」な表情《ひょうじょう》で音々を見つめている。

「今日のお題は、梅雨時《つゆどき》の季語としてはベタだけど『虹《にじ》』にしたわよ」

一《にのまえ》先生が高らかにそう宣言《せんげん》すると、全員が「うんうん」と大きくうなずいた。かと思ったら、すぐにみなが「うんうん」と唸《うな》りながら、何やら頭を捻《ひね》っている。

「特に一先生が主催《しゅさい》するこの五月雨《さみだれ》句会《くかい》は珍《めずら》しくてね、即興《そっきょう》で思いついた句を、一対一のバトル形式で発表していくんだ」

ラップバトルみたいなものだよ、と天神くんは補足《ほそく》してくれたが、音々はラップバトル自体がどういうものかよく知らないため、まだ状況《じょうきょう》に追いつけていない。

ひとりの男性《だんせい》が、「はい！」と元気よく手を挙げた。続けて、別の男性も、向かいにいた女性たちも、次々と手を挙げる。小学生が先生に「この問題わかるひと～？」と聞かれたときのようだ。

「はい！ じゃあ、一回戦は『三國《みくに》』ちゃんと『芽良《めら》』ちゃんでいきましょう！」

名前を、いや、「俳号《はいごう》」を呼《よ》ばれて、ふたりの女性がみんなの「輪」の中心に出てきた。即興俳句バトル、最初の一戦は女性対決のようだ。

『仰《あお》ぎ見《み》て　目を落としても　七変化《しちへんげ》』

先攻《せんこう》の「三國」さんが少し自信なさげに句《く》を詠《よ》んだ。

「あれいいの？　虹《にじ》って言葉ないけれど」

音々の疑問《ぎもん》に天神くんが答えようとする前に、審査員《しんさいん》として、バトルするふたりの間に立っている一《にのまえ》先生が解説《かいせつ》をはじめた。

「いいわね〜。『虹』の七色を、『七変化《しちへんげ》』にかけたのね。あえて席題をそのまま使わず、季語も変えてくるなんて、三國ちゃん、うまくなったわね〜」

一先生に褒《ほ》められて、三國さんが照《て》れ臭《くさ》そうに、もじもじしていた。そうか、そういうやり方もあるのか、と音々は感心した。

「ちなみに、『七変化』も梅雨時《つゆどき》の季語で、『紫陽花《あじさい》』のことだよ」

耳元で、そっと天神くんが教えてくれる。

直後、音々の視界《しかい》が「チカチカ」とまたたいた。あれ、と思い慌《あわ》てて瞬《まばた》きをする。すると、さきほどの句を詠んだ三國さんの周りに、鮮《あざ》やかな色とりどりの紫陽花が咲《さ》いていた。

さっきまで紫陽花なんてなかった。何より、ここは公民館の一室だ。突然《とつぜん》花が咲くなんてありえない。驚《おどろ》いて、音々は目をつむる。おそるおそる、もう一度目を開けると、もう七色《なないろ》の紫陽花《あじさい》は消えていた。

「どうしたの？」

急に目をぱちぱちしはじめた音々を不審《ふしん》に思ったのか、天神くんが顔をのぞきこんできた。

「近いって！　目がかゆかっただけだから」

とっさに嘘《うそ》の言《い》い訳《わけ》をしたけれど、さっきのはなんだったんだろうと音々は思った。


『虹《にじ》が立つ　たまには音を　立ててくれ』


後攻《こうこう》の「芽良」さんが詠《よ》みあげた句《く》は、「虹」という言葉を使ったもので、さきほどの三國さんのものとはまた違《ちが》った印象《いんしょう》がある。

「うんうん、芽良ちゃんは『音』を核《かく》にしたのね。さっきの三國ちゃんが『色』に着目したのと対照的で面白《おもしろ》いわ」

一《にのまえ》先生の賞賛《しょうさん》を受けて、芽良さんが自身の句を解説《かいせつ》する。虹はいつだって音もなく現《あらわ》れるから、見ると幸せになれると知っていても気づけないことが多い。そんな悔《くや》しさを句にしたものだそうだ。

なるほど、言われてみれば虹《にじ》に音はない。ないものを表現《ひょうげん》するなんて面白《おもしろ》い。

その瞬間《しゅんかん》、音々の耳元に、「ふわうわん」と空気がふくらんだような、いや、伸《の》びたような、そんな感じの変な音が響《ひび》いた。

思わず天神くんの顔を見たけれど、「どうした?」という顔をしている。どうやら、音々にしか聞こえていないようだ。音々は変に思って、耳を両手でふさいだ。

その仕草に、またしても天神くんが心配そうな顔をした。

音々は「大丈夫《だいじょうぶ》」という表情《ひょうじょう》を返す。この感覚は小さいときにもあったものだ。

おかあさんに絵本を読んでもらっているとき、物語の中の世界が目の前に現《あらわ》れたり、登場人物の声が耳に届《とど》いたりした。いや、そういう感覚がしていただけだと少し大きくなってから気がついた。ただの勘違《かんちが》い。幼《おさな》いながらの思《おも》い込《こ》みだと。

見え方も聞こえ方も違《ちが》うけど、あのころと同じような感覚がいま再《ふたた》び起こっている。

一瞬不安になるも、この感覚は決して音々にとって不快《ふかい》なものではない。むしろ物語の世界に入り込むような、いまだと、俳句《はいく》で詠《よ》まれた世界が目の前に現れるような感覚は、神秘的《しんぴてき》で、ワクワクするものだった。

音々は、両手をそっと自分の左胸《ひだりむね》に当ててみた。「ドクン、ドクン」と主張《しゅちょう》しすぎなくらいに鼓動《こどう》を打っている。他人と交わらないように、いつも教室の端《はし》っこで息を殺《ころ》しているときは「トクントクン」と控《ひか》えめな音しか立てない音々の心臓《しんぞう》が。

「非常《ひじょう》にナイスな一回戦だったわよ。じゃあ、次いってみましょうか」

いつの間にか、三國さんと芽良さんのバトルは終わってしまっていた。勝敗はどうなったのだろうか。心臓の音に夢中《むちゅう》で音々は結果を聞《き》き逃《のが》してしまったようだ。

「はい！」

隣《となり》で大きな声がする。天神くんが立ち上がって、高く手を挙げている。音々はそれを見上げながら、自信のあるひとは違《ちが》うな、と感心していた。

「お！　じゃ、次はそこの中学生ふたりでバトってもらいましょ」

一《にのまえ》先生の「中学生ふたり」という言葉に、音々は「おや？」と思う。さきほど参加者を見回したけれど、天神くんと音々以外はみな大人に見えた。もしかしたら大学生とかはいるかもしれないけれど、少なくとも中学生は天神くんと音々だけだったように思えたが。

「さあ、行こう、松尾さん！」

天神くんは音々の手を引《ひ》っ張《ぱ》って輪の中心へ連れていこうとする。

「え、困《こま》るよ。人前なんて無理だから！」

「大丈夫《だいじょうぶ》、大丈夫〜。そんなのすぐに気にならなくなるから」

天神くんは歌うように言いながら、どんどん音々を引《ひ》っ張《ぱ》っていく。完全にペースを握《にぎ》られてしまった。抵抗《ていこう》するように踏《ふ》ん張《ば》ってみるも、全然ダメだった。気づけば、音々は天神くんと「輪」の真ん中に立っていた。

「ふふふ。お手並《てな》み拝見《はいけん》といきましょうか」

どちらが先攻《せんこう》か後攻か決めていなかったふたりはジャンケンをした。結果、音々が先攻に。

沈黙《ちんもく》。当然だ。音々は自分が出るなんて思ってもいなかった。だから虹《にじ》の俳句《はいく》なんて考えてもいなかった。輪の中心で、音々はいたたまれない気持ちになった。

しかし、不思議と自分に集まっている視線《しせん》が痛《いた》くはなかった。目を合わせたわけではないが、みな、優《やさ》しい気持ちで音々の句を待っていることが、空気で伝わってきた。

『色のない　虹を見たこと　ありますか』

気づけば「五・七・五」が、「十七音」が、音々のつくった「俳句《はいく》」が、口から勢《いきお》いよく放たれていた。

その問いかけにも似《に》た俳句を受けた天神くんは、目を丸くしていた。いや、天神くんだけではない。音々が見回すと、一《にのまえ》先生も、さきほど戦っていた三國さんも芽良さんも、その他の大人たちも驚《おどろ》いて、言葉を失っている。

「びっくりした。いま、一瞬《いっしゅん》、視界《しかい》から『色』が消えたみたいに感じたよ」

少しの静寂《せいじゃく》のあと、天神くんがそう口を開いた。

「あら、嬉歌《うた》ちゃんも？　ワタシもよ～」

一先生も天神くんと同じような感想を抱《いだ》いたようだ。他の大人たちも同意するように、うなずいている。

「あなた、いい声ね～。おそらくそれもあって、こんなに共感性《きょうかんせい》の高い句になったのね」

「いい声」なんて音々は初めて言われた。ただ、それは当たり前かもしれない。普段《ふだん》、両親以外と喋《しゃべ》ることなどほとんどないのだから。

「これは強敵《きょうてき》ね。嬉歌ちゃん、勝てるかしら？」

一先生が楽しそうに天神くんのほうを見る。天神くんはそれに笑顔《えがお》で返すと、直後、真《しん》剣《けん》な表情《ひょうじょう》になった。

『虹《にじ》かかる　いってみたいな　よそのくに』

天神くんは、歌うように句《く》を詠《よ》んだ。本当にメロディがあるかのように、音々の耳に心地《ここち》よく、その「十七音」が響《ひび》き渡《わた》る。

どこかで聞いたことがある。そう思った瞬間《しゅんかん》、音々の耳に「ざざん」と波の音が聞こえた。

天神くんが波打《なみう》ち際《ぎわ》に立っている。ふくらはぎまで海に浸《つ》かっている。さっきまで音々のほうを見ていたはずなのに、いまは背《せ》を向け、遠い向こう、水平線のほうを見つめている。その背中は、いまにも海の中に進んでいってしまいそうだ。

「行かないで！　海の向こうに行っちゃだめ！」

気づいたら音々は叫《さけ》んでいた。その自分の声でハッと我《われ》に返る。そこに海はないし、天神くんも音々のほうを向いたままだ。

「あらま、嬉歌《うた》ちゃんたら、ほんとどこでもモテるのね〜」

一先生《にのまえ》がころころとからかうように笑った。音々は自分のしたことが急に恥《は》ずかしくなって、回れ右をした。恥ずかしくて天神くんの顔なんて見られない。

「ふふ。若《わか》いっていいわね。さて、句《く》の講評《こうひょう》だけど、嬉歌《うた》ちゃん、いまのは変化球の『本歌取り』かしら？」

「そのとおりです。本歌取りは本来、先人の歌を取り入れる和歌の技法《ぎほう》ですけど、僕《ぼく》は『本歌』となるもののジャンルはもっと広くてもいいんじゃないかなって」

音々の背後《はいご》で、一先生と天神くんがまるで国語の授業《じゅぎょう》のような話をしている。音々はそれが気になって、こっそり振《ふ》り返《かえ》った。

「それで童謡《どうよう》の『うみ』を使ったのね？」

一先生の問いに天神くんがうなずく。そうか、どこかで聞いたことがあるように感じたのは、有名な童謡だったからだ。

「いいわね。短歌と違《ちが》って十七音しかない俳句《はいく》で本歌取りがうまくいく例は少ないけれど、それでも意欲的《いよくてき》に取り組む姿勢《しせい》に、俳句の未来を感じたわ」

一先生はそう言うと、「この勝負、嬉歌ちゃんの勝ち！」と、天神くんに軍配をあげた。

音々に異論《いろん》はない。そもそも参加したかったわけでも、勝ちたかったわけでもない。

音々はパチパチパチと事務的《じむてき》に手を叩《たた》いて、天神くんの勝利を称《たた》えた。

その後も即興俳句《そっきょうはいく》バトルで室内は盛《も》り上《あ》がった。終了後《しゅうりょうご》も、なかなか冷めないその熱気から逃《に》げるように、音々は部屋を出て、公民館の出入り口に立った。

雨はもうやんでいた。

「相合《あいあ》い傘《がさ》はしなくてよさそうだね」

声がして振《ふ》り返《かえ》る。天神くんだ。本当に背後《はいご》から声をかけるのが好きだなと、音々は呆《あき》れてしまう。それに「相合い傘」なんて、たとえザーザー降《ぶ》りだったとしても絶対《ぜったい》にしない。そもそも傘を持っているにもかかわらず、音々はむきになって「相合い傘」を心の中で否定《ひてい》した。

「さっきのはびっくりしたよ」

天神くんは「相合い傘」をさらりと流して、話を続ける。「さっき」がいつのことを指すのか、音々には一瞬《いっしゅん》わからなかった。

「松尾さんにも僕《ぼく》と同じ風景が見えてるんだって、びっくりした」

天神くんが『うみ』の句を詠《よ》んだときのことを言っているらしい。

「僕は、あの句の中で、ずっと海の向こうを見てた。その先にある別の国のことを考えてね」

音々の目に映《うつ》ったあのイメージは、音々の勝手な妄想《もうそう》ではなかったようだ。天神くんの想《おも》いがこもった句《く》を聞いたことで、同じ映像《えいぞう》を音々も共有したということだろうか。

「あなたはすごく共感性《きょうかんせい》が高いのかもしれないわね～」

一《にのまえ》先生も部屋から出てきて、スタスタと歩《あゆ》み寄《よ》ってくる。

「しかも、自分の想いも相手に共感させちゃうっていう、すご技《わざ》も持ってるし」

一先生は音々の口元を指差した。

「向いてると思うわ～。ねえ、嬉歌《うた》ちゃん？」

「もちろんですよ。僕《ぼく》は前からそう思ってましたし」

何に向いているというのだろうか。音々を置き去りにして勝手にふたりは話を進める。

「あなた、俳句部《はいくぶ》に入らない？」

一先生がぐぐっと音々のほうに顔を近づけてくる。髪《かみ》の毛《け》の両サイドが白髪《しらが》だったから、おじさんなのかと思っていたけど、顔にそこまでシワはない。というか、そもそものひとの顔を音々はどこかで見たことがあった。

「『小林《こばやし》先生』、それ、僕が言おうと思ってたやつ」

「もう！　嬉歌《うた》ちゃん。ここでは、『一《にのまえ》』って呼《よ》んでって言ってるでしょ〜」

そう、国語の小林一《はじめ》先生だ。音々は思い出した。音々の学年は教えていないが、全校朝礼で見たことがある。そのとき見た小林先生の髪《かみ》は白髪《しらが》ではなかったけれども。

「ああ、これ？　学校では染《そ》めてるのよ。若白髪《わかしらが》なんてワタシは別に恥《は》ずかしくもなんともないんだけど、学年主任《しゅにん》の御崎《おざき》先生が、うるさいから」

一先生、いや、小林先生は音々の視線《しせん》に気づいたのか、自分の髪をさわりながら、面倒《めんどう》くさそうにそう答えた。

「そんなことより、どう？　俳句部《はいくぶ》。楽しいわよ〜」

「松尾さん、確《たし》かいま部活何も入ってなかったよね？」

小林先生と天神くんが交互《こうご》に音々を勧誘《かんゆう》してくる。その圧《あつ》がすごくて、音々は思わずふたりから視線《しせん》を逸《そ》らしてしまう。

「虹《にじ》出てる。うっすらだけど、七色《ななしろ》の」

ふたりから逸らした視線の先には、とても淡《あわ》い控《ひか》えめな虹がかかっていた。音々のつぶやきに、天神くんと小林先生も空を見上げる。

「本当だ。あの虹には色があるんだね、松尾さん」

天神くんはさっきの音々の句《く》のことを言っているのだと気づく。ちゃんと色を感じる。いつもは虹《にじ》なんて見ても「モノクロ」に見えてしまうくらい感動しないのに。

音々は今日、自分の中に少しだけ明るい「何か」があること感じていた。それは、梅雨《つゆ》のちょっとした晴れ間みたいなものかもしれないけど、太陽の光が、音々の気持ちに淡《あわ》い「色」を与《あた》えてくれていた。

「俳句部《はいくぶ》に、体験入部ありますか？」

つい口をついて出てきたセリフに、誰《だれ》よりも音々がいちばん驚《おどろ》いていた。

いつも違《ちが》う【夏】

「今日から俳句部《はいくぶ》に体験入部することになった松尾音々《まつおねね》ちゃんです。はい、拍手《はくしゅ》ぅ～！」

パチパチパチパチ！

盛大《せいだい》な拍手。ただし、手を叩《たた》いているのは天神《てんじん》くんひとりだけ。

「ふたりだけ？　他の部員は、今日休み？」

音々は、自分と天神くんを交互《こうご》に指差してたずねた。

「みんな卒業しちゃったのよ～」

「一《にのまえ》先生」改め小林《こばやし》先生が涙《なみだ》を指で拭《ぬぐ》う真似《まね》をしながら言った。今日は頭のサイドが白《しら》髪《が》じゃない。学校では染《そ》めているというのは本当だった。

「去年の三年生がいたときは結構《けっこう》大所帯だったんだけどね」

天神くんも寂《さび》しそうに言った。

「先輩《せんぱい》は？　二年生とか、一年は？」

いまの三年生や同級生、この春入ってきた一年生もいないのは不思議だった。

「それがね～、ちょっと『バチェラ』っちゃって～」

小林先生がそう言って、天神くんの顔を見る。「バチェラっちゃう」とはなんだろうか。初めて聞く言葉だ。また俳句《はいく》用語だろうか。

「先生、その話は……」

天神くんは人差し指を口に当てている。何か秘密《ひみつ》がありそうだ。特に興味《きょうみ》もなかったが、内緒《ないしょ》にされると気になってしまう。

「いいじゃない、至《いたる》ちゃん。体験入部とはいえ音々ちゃんにも知っておいてもらわないと」

句会ではないので、小林先生も天神くんを「嬉歌《うた》ちゃん」とは呼《よ》ばない。そういえば、あの俳号の「由来」も内緒だった。意外と天神くんには秘密が多い。

「春には新一年生の入部希望者もわんさといたのよ」

「あ、ちょっと、ダメだって」と制止《せいし》しようとする天神くんを無視《むし》して、小林先生は話しはじめた。

「でも、至ちゃんが見てのとおりの超《ちょう》イケメンでしょ。しかも見た目だけじゃなくて、性《せい》格《かく》もイケメンだから……」

「ああ、もう」と言いながら、天神くんが向こうを向いてしまった。小林先生は構《かま》わず続ける。

「新入生の中にね、結構《けっこう》強気な子がいてね」

小林先生は、それは決して悪いことではないけれど、と付け加えてから話の本線に戻《もど》る。

「みんなの前で、好きですアピールしちゃったのよ」

音々は思わず口を手で覆《おお》ってしまった。なんて勇気。いや、度胸《どきょう》。自分には決して真似《まね》できない。真似しようとも思わないけれど。

「そしたら、いままで至ちゃんのことをこっそり好きだった二年生三年生の女子たちも『わたしも！』って火がついちゃってね」

結局みなが天神くんに告白《こくはく》してフラれ、気まずくなって退部《たいぶ》していったのだという。

「罪《つみ》な男よね〜、ほんと」

小林先生は天神くんの背中《せなか》を「つん」と指で突《つつ》いた。

「いつもはもっと気をつけてるんですけど……」

天神くんは「罪《つみ》な男」であることは否定《ひてい》せずに、変な言《い》い訳《わけ》をした。それでか、と音々は気づく。普段《ふだん》天神くんがクラスの中心にいながらも、どこか距離《きょり》を置いているように感じるのは、そういう事態《じたい》を防《ふせ》ぐためだったのだろうか。

「まあ、ワタシが校長に掛《か》け合《あ》って、一年間は猶予《ゆうよ》をもらったから、来年までにちゃんと部員を集め直しましょ」

どうやら音々の通う中学では、「○○部」を名乗るには最低五人の部員と、顧問《こもん》となる教員、そして何かしらの活動実績《じっせき》が必要らしい。

「あと三人！　がんばりましょ！」

小林先生が、胸《むね》の前で両手をぐっと拳《こぶし》にして気合を入れた。

「もしかして、もう人数に入れてます？」

「あ、音々ちゃんはまだ体験入部だったわね。うん、でも、きっとすぐに入りたくなるわよ」

小林先生の根拠《こんきょ》のない自信。いや、まったく根拠がないわけではない。少なくとも音々は句会《くかい》で俳句《はいく》を詠《よ》んだし、そのうえで俳句部の部室を自ら訪《たず》ねたのだ。いつぶりだろう、自分の意志《いし》で何かをやろうって思ったのは。音々は記憶《きおく》を遡《さかのぼ》ってみるが、それらしい思い出は見つからなかった。

「じゃあ、恒例《こうれい》の『アレ』やっときますか」

「アレ？」と音々が首をかしげていると、天神くんが部室の奥《おく》のほうへ行き、本棚《ほんだな》の上段《じょうだん》に手を伸《の》ばしている。

「先生、『夏』でいいですよね？」

「ええ、そうね。『春』はストックがなくなってたからちょうどよかったわ」

ふたりのやりとりをただ眺《なが》めているだけの音々。天神くんが、文庫サイズの本を持って戻《もど》ってきた。

「では先生、いつもの『アレ』、お願いします」

天神くんはその本を恭《うやうや》しく両手で持って、小林先生に渡《わた》した。

「承知《しょうち》した」

これまた大袈裟《おおげさ》なほどにゆっくりとその本を受け取る小林先生。

「松尾音々殿《どの》」

いきなり名前を、しかも「殿」付けで呼《よ》ばれて、思わず「気をつけ」してしまう音々。

「あなたの俳句部《はいくぶ》体験入部を許可《きょか》し、ここに『サイジキ』を贈呈《ぞうてい》いたします」

賞状《しょうじょう》を渡《わた》す仕草で小林先生が本を突《つ》き出《だ》してきた。

【俳句歳時記《はいくさいじき》】

表紙にはそう書かれている。そのタイトルの横に爽《さわ》やかなブルーで【夏】と記されている。季節ごとの季語が載《の》っている本だと、天神くんが教えてくれる。

「本当は正式入部した子にあげてるんだけど、音々ちゃんは絶対《ぜったい》入ると信じてるから」

そう言われると、受け取った文庫サイズの本が、途端《とたん》に分厚《ぶあつ》い辞書くらい重く感じる。

期待とかプレッシャーとか、音々がいちばん苦手なものが乗っかってきた。

「ほら。すぐそうやって、生徒に圧《あつ》をかける～」

「あら、ワタシの生徒を見る目を甘《あま》くみないでほしいわ。音々ちゃんはできる子よ、絶対」

「だから、そういうのがプレッシャーなんですって」

天神くんと小林先生が言い争っている。内心、天神くんを応援《おうえん》していたが、一方で先生に「できる子」と言われたのが久《ひさ》しぶりすぎて、照《て》れ臭《くさ》くなっている自分もいた。

「返します。もったいないし、私《わたし》には」

音々は『歳時記《さいじき》』を小林先生に返そうとした。

「返す前に、一度中を見てみたら？」

天神くんがそう言って歳時記を指差す。返すつもりの本を開くことにためらいがあったが、天神くんの眼差《まなざ》しが「大丈夫《だいじょうぶ》だから」と言っている気がして、音々はそっと歳時記を開いた。

【サイダー】

目に飛《と》び込《こ》んできた、よく知るカタカナ。これも季語なのか、と音々は意外に思う。サイダーなんて年中あるし、炭酸《たんさん》ジュースなんていつ飲んだっていい。なのに、音々の口の中ではシュワシュワシュワ〜と二酸化炭素《にさんかたんそ》が弾《はじ》ける感触《かんしょく》。

まただ、と思った瞬間《しゅんかん》、目の前がチカチカッとまたたいて、部室いっぱいに炭酸の気泡《きほう》が浮《う》かんでいる。まるでサイダーの中にいるみたいだ。

『気の抜《ぬ》けた　サイダーみたい　夏の午後』

シュワシュワの強炭酸の中にいるような感覚なのに、音々の口から出てきたのは、その真逆《まぎゃく》の俳句《はいく》だった。

「あら、歳時記《さいじき》読んで、いきなり作句《さっく》するなんて。やっぱり、音々ちゃんはワタシが見込《みこ》んだだけあるわ～」

「ほら、またそうやって変にプレッシャーかける」

両手を合わせて感激《かんげき》している小林先生を、天神くんがピシャリとたしなめる。

「でも、一瞬《いっしゅん》の閃《ひらめ》きをすぐ音《おん》にできるのは僕《ぼく》もすごいと思ったよ」

プレッシャーをかけないでと言いながら、結局天神くんも褒《ほ》めてくる。不思議とそこまで嫌《いや》じゃない。音々の口にほんの少し笑《え》みが浮《う》かぶ。

「ただ……」

天神くんが音々の句は「季重《きがさ》なり」だと指摘《してき》してきた。

「ひとつの句に季語がふたつ以上あることを言うのよ」

小林先生の補足《ほそく》説明。

「絶対《ぜったい》にダメってことはないけど、たいていはお互《たが》いの季語を殺《ころ》し合《あ》っちゃうのよ」

知らなかった。たった十七音しか使えないのに、そのうえ、まだ制約《せいやく》があるのか。

『気の抜《ぬ》けた　サイダーみたい　五時間目』

天神くんが歌うように句《く》を詠《よ》んだ。音々の句で季語が重なってしまっていた「夏の午後」の部分を「五時間目」に言《い》い換《か》えた「だけ」の句だ。

（だけじゃない。そっちのほうがすごくいい！）

音々の目の前に浮《う》かんでいた炭酸《たんさん》の気泡《きほう》がすべて弾《はじ》け消《き》え、そこに教室が現《あらわ》れる。授業《じゅぎょう》をする先生の声がとても遠くに感じられ、まったりとした空気が時間の流れすら遅《おそ》くしているように感じる。

「そうね。『夏の午後』も『五時間目』も時間帯的には同じ感じがするけど、『五時間目』とすることで、この句を詠んだのは生徒で、詠んでいる風景は教室が浮かんでくるわね。ワードひとつで設定《せってい》を限定《げんてい》できるのも俳句《はいく》の面白《おもしろ》いところなのよ」

「先生、まるで、国語の先生みたいですね」

「みたいじゃなくて、そうなのよ！」

天神くんの冗談《じょうだん》に、小林先生が即座《そくざ》にツッコミを入れる。おそらくいつものやりとりなのだろう。それくらい息の合った「ボケ」と「ツッコミ」だった。

『気が抜《ぬ》けた　サイダーと観《み》る　決勝戦』

天神くんが続けて句《く》を詠《よ》んだ。音々の耳に大歓声《だいかんせい》が響《ひび》く。白熱した戦いをみなが応援《おうえん》している。

「なんでだろ。歓声だけしか聞こえない」

スポーツや格闘技《かくとうぎ》や、その他「戦い」と名のつくようなものにはほとんど興味《きょうみ》のない音々だからだろうか。「決勝戦」というくらいだから、いちばん重要な戦いということはわかる。それをサイダーの気が抜けてしまうのも気づかないほどに夢中《むちゅう》で観戦しているというのもわかる。なんの「決勝戦」なのかだけがピンとこない。

「いいところに気づいたわね。至ちゃん、わざとでしょ、これ?」

小林先生がにやりと微笑《ほほえ》むと、天神くんも「もちろん」という意味のスマイルで返した。

「さっきの『五時間目』と逆《ぎゃく》に、あえて『なんの』決勝戦かを限定《げんてい》しないで詠んでみたんです。松尾さんにはどんなイメージが浮《う》かぶかなって」

どうやら試《ため》されたらしい。体験入部だから、いろんな俳句《はいく》のカタチを知ってもらおうということのようだ。

『気が抜《ぬ》けた　サイダーと観《み》る　甲子園《こうしえん》』


「これならどう？」と小林先生。

「カキーン！」とバットが白球を打ち返す音がした。音々も「甲子園」が野球場の名前ということくらいは知っている。

「でも、これでもまだ高校野球なのか、プロ野球の阪神戦《はんしんせん》なのかは、わからへんさかいな」

「下手な関西弁《かんさいべん》はやめんかい」

またも小林先生の「ボケ」に天神くんが「ツッコミ」を入れる。教室でもおふざけをするクラスメートに「ツッコミ」を入れていることはあるが、それとはまったく違《ちが》う印象《いんしょう》だった。同じ目線で、楽しみながらツッコんでいるのがわかる。教室では、どちらかというと「ＭＣ」的な立ち位置の気がする。

「まあ、つまり、言葉のチョイスひとつで、各々《おのおの》が好きな世界を想像《そうぞう》できたりもするし、ひとつのイメージを共有できるように限定的《げんていてき》な設定《せってい》にすることもできるってことね」

「あとね」と小林先生の「俳句講義《はいくこうぎ》」は続く。

「気『の』抜《ぬ》けたと、気『が』抜けたの違《ちが》いも見過《みす》ごせないポイントよ」

気づかなかった。ふたつの言葉の意味的な大きな違いを、音々は感じていなかった。

「炭酸《たんさん》が抜けてからどのくらい経《た》った状態《じょうたい》なのか、そのニュアンスに微妙《びみょう》な違いも出るし、耳から入る音の違いも全体のリズムに影響《えいきょう》するわよ」

たった一文字、いや、一音にそこまでこだわるのかと音々は驚《おどろ》く。同時に、たった十七音しかないのだから、一音一音にこだわり抜かないといけないのだと悟《さと》る。

「サイダー」の季語だけで、こんなに俳句の奥深《おくぶか》さを学んだ音々。

たまたま歳時記《さいじき》の中からこの季語を見つけて、試《ため》しに詠《よ》んでみただけなのに、その句に合わせてここまでいろんな表現《ひょうげん》を瞬時《しゅんじ》に繰《く》り出《だ》せるなんて。やっぱり、小林先生も天神くんも、すごいひとなんだ。

「このくらいすぐに音々ちゃんもできるようになるわよ」

小林先生はそう言って改めて「よろしくね」と握手《あくしゅ》を求めてきた。音々もその手をぎゅっと握《にぎ》り返《かえ》す。お互《たが》い少し汗《あせ》ばんでいるのがわかる。小林先生もいまのやりとりに興《こう》奮《ふん》していたのかも。

音々は歳時記《さいじき》を受け取ることにした。

「『秋』以降《いこう》も部室にあるからいつでも借りに来ていいからね」

今日はとりあえず顔合わせでおしまいとなった。活動は週に二回。水曜日と金曜日だ。

天神くんの委員会活動もあるから、らしい。

「僕《ぼく》は毎日でもいいんだけどね」

「ダメよ。あなた、習い事もたくさんしてるんだから」

書道八段《だん》の腕前《うでまえ》というのは知っている。他にもやっているのか。

「俳句《はいく》だけでいいのに」

天神くんが小さい子のように口をとがらせている。本当に、俳句のこととなると、普段《ふだん》見せない表情《ひょうじょう》のオンパレードだ。

一体どれくらいのひとがこの天神くんを知っているのだろうか。「私《わたし》だけ」という五文字が頭に浮《う》かび、慌《あわ》ててそれを打ち消した。

みんなが知らない天神くんを知っている。それがなんだというのだ。自分には関係のない話だ。音々はそう自分に強く言い聞かせた。

（俳句《はいく》だけ。私《わたし》と彼《かれ》の接点《せってん》は）

誓《ちか》いに近い想《おも》いを胸《むね》に、音々は俳句部の部室をあとにした。


「聞いてない。夏休みにも部活って」

二週間の体験入部を経《へ》て、音々は、正式に俳句部員になっていた。いや、半ばなしくずしにならされていたというのが正しい。

——入部届《にゅうぶとどけ》、受理しといたから〜。

体験入部の期間が終わろうとしていたある日の放課後。小林先生は廊下《ろうか》ですれ違《ちが》いざま、軽《かろ》やかにそう言って去っていったが、そもそも音々には入部届を出した覚えがない。書いたのは「体験」入部届だ。

——ああ、やられたね、それ。

天神くんが言うには、小林先生自作の「体験」入部届は、実は「体験」の部分だけ鉛筆《えんぴつ》で書かれているらしい。パソコンの書体にそっくり似《に》せて書ける技術《ぎじゅつ》はすごい、と天神くんは感心していたが、音々からしたら納得《なっとく》のいく話ではない。

——どうしよう。やっぱり入部は断《ことわ》るか……。

俳句《はいく》に興味《きょうみ》が出てきたのは確《たし》かだ。けど、それは天神くんの熱意ほどじゃないし、こんな「騙《だま》し討《う》ち」みたいなことをされてまで入りたいと思うほどのものじゃなかった。

——え？　そんなぁ……。

天神くんの目が急に寂《さび》しそうに色を失う。天神くんが悪いわけではないのに、「ごめん」と何度も謝《あやま》ってくる。

結局、そんな天神くんの健気《けなげ》な対応《たいおう》を無視《むし》するわけにもいかず、音々は俳句部《はいくぶ》への正式入部を決めたのだった。

でも、それは夏休みの活動を知る前だったからだ。音々は夏休みに家族以外と会うのが嫌《いや》だった。ただ、面と向かって「行きたくない」とは言いづらく、いろいろと言《い》い訳《わけ》を考えて、小林先生と天神くんへの説得《せっとく》を試みた。

「夏休み、家でのんびり過《す》ごす派《は》で」

「暑いのは、苦手なんです。昔から」

「お盆《ぼん》には、お墓参《はかまい》りをするかもで……」

「母親が夏期講習《こうしゅう》を勧《すす》めてて」

弱い。我《われ》ながら弱すぎる理由だと音々は反省する。仕方ない。本当のことが言えない以上、ここは根拠薄弱《こんきょはくじゃく》でも、半分嘘《うそ》でも、数で主張《しゅちょう》を続けるしかない。

「音々ちゃん、今日はずいぶんと口数多いわね～」

「そんなに、夏の部活動が嫌《いや》？　松尾さん」

必死の抵抗《ていこう》も、小林先生と天神くんにはあまり響《ひび》いていない。逆《ぎゃく》に、そこまで夏休み中の活動を嫌がることに興味《きょうみ》を抱《いだ》かれはじめていた。

「うちの学校、文化部でも結構《けっこう》、夏合宿とかやったりするのよね～」

「俳句部《はいくぶ》の母体の文芸部なんて、コミケ合宿で一週間顧問《こもん》の先生のうちに泊《と》まり込《こ》むって言ってましたよ」

「うえ～、笹原《ささはら》先生、今年もお気《き》の毒《どく》ぅ」

「笹原先生もコスプレしてキャラデザのモデルになったりしてるらしいですから、まんざらでもないみたいですよ」

「どこで仕入れてくるのよ、教員のそんな裏情報《うらじょうほう》」

「それは秘密《ひみつ》で」

小林先生と天神くんのテンポの速い応酬《おうしゅう》。もう慣《な》れた。このふたりには「十七音」で喋《しゃべ》っても平気だとわかったとはいえ、言葉を選びながら発言している音々ではここまでのスピード感は出せない。だけど、置いていかれている感じはない。必ず、一区切りついたあとに、ふたりとも音々を見て笑顔《えがお》で意見を求めてくれるから。

「松尾さん。小林先生がコスプレしてくれるって言ってるけど、それでも嫌《いや》？」

「ちょっと、勝手に決めないでよ。っていうか、ワタシがするなら、至ちゃんにもコスプレしてもらうからね～」

ふたりのコスプレ姿《すがた》を想像《そうぞう》して、思わず音々は吹《ふ》き出《だ》してしまった。

「あ、よかった。笑ってくれて。でも、本当に嫌なら無理強《むりじ》いはしないよ」

天神くんの優《やさ》しさに甘《あま》えたくなる。

そう、夏休みに無理して外に出ることなんてない。

音々の脳裏《のうり》に小学校時代の「夏の思い出」が蘇《よみがえ》る。

――おなじクラスだけど、はじめてしゃべるね。

やかましいほどの蝉《せみ》の声と「あの子」の声。音々の身体《からだ》がぎくりと強張《こわば》る。

――おもしろいしゃべりかた。

やめて。音々は耳を手でふさいだ。目もぎゅっとつむった。

――ねねねのねねちゃんだね。

「あの子」の笑顔《えがお》が瞼《まぶた》の裏《うら》に現《あらわ》れる。「なぜ笑顔?」と音々は思う。自分にとってはこんなにつらい思い出なのに。なぜか、思い出す「あの子」の顔はいつだって笑顔だった。

「音々ちゃん!」

両肩《りょうかた》をしっかりと摑《つか》まれ、音々の身体《からだ》が前後に揺《ゆ》さぶられる。目を開けると、心配そうな小林先生の顔があった。

「ごめんなさい。そんなに嫌《いや》なら今年の夏吟行《なつぎんこう》はやめましょう」

「吟行」と聞いて、音々の身体がぴくりと反応《はんのう》する。そういえば、俳句部《はいくぶ》に入部してからまだ「吟行」はしていない。

あの夜、天神くんにコンビニで会って以来、「銀行」と間違《まちが》えて以来、密《ひそ》かに気になっていた「吟行」。俳句に興味《きょうみ》を持ちはじめたいまならわかる。外に出て、テーマを探《さが》し、その場で季語をあて、俳句を詠《よ》む。その一連がいかにワクワクに満《み》ちあふれているか。

目の前にどんな景色が広がるか、どんな音が、匂《にお》いが感じられるか、想像《そうぞう》しただけで心《しん》臓《ぞう》がトクンといつもより強めに鼓動《こどう》しているのがわかる。

「あれ、音々ちゃん、もしかして興味津々《きょうみしんしん》?」

音々の目を見て気づいたのか、小林先生がたずねた。

さっき、あれほど「行きたくない」と拒否《きょひ》しておいて、手のひらを返したように「吟行《ぎんこう》してみたい」と言うのはさすがにためらわれた。

「行こうよ、吟行」

天神くんが音々のほうに手を伸《の》ばしてきた。突然《とつぜん》のことで、固まったままの音々。

「行こうよ。夏、吟行に！」

もう一度力強く発して、天神くんは音々の手をとった。

「いいのかな、私《わたし》なんかが、いっしょでも」

天神くんは「もちろん」とは言わず、代わりに満面の笑《え》みで応《こた》えてくれた。

それだけで音々の心はかなり救《すく》われた。自分も夏を楽しんでいい。夏に外に出てもいい。夏に友だちと過《す》ごしていいんだ。

ふいに浮《う》かんだ「友だち」という言葉に一瞬《いっしゅん》ぎくりとする。果たして音々と天神くんは友だちなのだろうか。クラスメートであることも、部活仲間であることも確《たし》かだ。でも、友だちなのかどうかは確認《かくにん》のしようがない。

「よかった〜。実はめちゃくちゃ楽しみにしてたんだ、松尾さんと吟行するの」

天神くんは、摑《つか》んでいた音々の手をぶんぶんと上下に激《はげ》しく振《ふ》った。嬉《うれ》しいという感情《かんじょう》表現《ひょうげん》がまるで子犬のしっぽみたいだ。

友だちかどうかなんて、いまはどうでもいい。音々はそう思った。いま大事なのは、あの「夏の思い出」を上書きする思い出をつくること。音々だって気づいてはいるのだ。いつまでも「あの子」に囚《とら》われていてはダメだと。

前に進まないと。少し前の、少なくとも句会《くかい》に行く前の音々にはなかった発想だ。いや、違《ちが》う。コンビニで天神くんに句会に誘《さそ》われたときに、すでにちょっと思っていたのかもしれない。

「奪《うば》えない　この青い春　何人《なんぴと》も」のスローガンで、天神くんが音々を見つけてくれた。十七音をきっかけに、行き止まりだった音々の人生に新しい道ができた。

ふと部室の窓《まど》から外を見た。

中庭の木々に反射《はんしゃ》した太陽の光が、シュワシュワとサイダーみたいに弾《はじ》けていた。

いつもどおりの【夏】

ピンポーン
玄関《げんかん》のチャイムが鳴った。音々《ねね》はなんだか嫌《いや》な予感がした。

「は〜い？」

おかあさんが「何か届《とど》く予定、あったかしら」と首をかしげながら玄関に向かった。

「はじめまして。俳句部《はいくぶ》の天神至《てんじんいたる》と申します」

玄関のドアが開き、エアコンで冷えた空気が外に吐《は》き出《だ》されるのと入《い》れ違《ちが》いに、爽《さわ》やかな自己紹介《じこしょうかい》の声が音々の家の中に吹《ふ》き込《こ》んできた。

天神くんの声だ。

どうして。今日が夏吟行《なつぎんこう》の日というのは知っている。準備《じゅんび》もできている。でも、学校で待ち合わせの予定だったはず。

「待ちきれなくて迎《むか》えに来ちゃいました！」

おかあさんの背中《せなか》に隠《かく》れて天神くんの顔は見えないが、絶対《ぜったい》満面の笑《え》みであることが、声だけでわかる。

「音々ちゃん、お友だち？」

音々を振《ふ》り返《かえ》るおかあさんの目がウルウルしている。いまにも泣きだしそうだ。

「お友だち？　うん、お友だち、お友だち」

もうそれでいいから、と音々はそれ以上の説明責任《せつめいせきにん》から逃《のが》れるように、おかあさんを引《ひ》っ張《ぱ》ってリビングに連れていった。

「もう、音々ったら。言っといてくれればケーキでも買っといたのに」

なんの記念日だ。おかあさんは昔から、ちょっと大袈裟《おおげさ》なところがある。「友だちがおうちに来た記念パーティー」とか恥《は》ずかしいから絶対やめてほしい。

奥《おく》のキッチンで冷蔵庫《れいぞうこ》を開けたり閉《し》めたりしてソワソワしているおかあさんを置いて、音々は玄関《げんかん》に向かった。天神くんの突然《とつぜん》の来訪《らいほう》を喜《よろこ》ぶよりも、戸惑《とまど》いのほうが勝《まさ》っていて、音々はつい責《せ》めるような言い方になってしまう。

「待ち合わせ、学校だよね。なぜうちに？」

「ん？　学校に行くまでの道でも、いろいろ見つけられるかな、と思って」

まったく悪びれる様子のない天神くんのマイペースさが、逆《ぎゃく》に音々にもいつものペースを思い出させてくれる。そうだ、天神くんはこういうひとだった。

「昨日は興奮《こうふん》して眠《ねむ》れなかったんだ」

少し充血気味《じゅうけつぎみ》の目を見開いて、天神くんは嬉《うれ》しそうに教えてくれた。まるで遠足前日の子どものようだ。

「もしかして、てるてる坊主《ぼうず》つくったり？」

音々もすっかり落ち着いて、冗談《じょうだん》を言う余裕《よゆう》が戻《もど》ってきた。

「え？　なんでわかったの？」

冗談のつもりだったのに。天神くんというひとは、クールなのか無邪気《むじゃき》なのか、ときどき本当にわからなくなる。

「ねえ、音々ちゃ～ん？　あがってもらいなさいよ～。いま冷たい麦茶、入れるから～」

奥《おく》からおかあさんの声がして、慌《あわ》てて音々は靴《くつ》を履《は》く。

「いってくる！　帰ってくるの、夕方ね」

「おかあさん、帰りも責任《せきにん》持って僕《ぼく》が送ってきますので！」

天神くんが余計《よけい》な一言を付け足した。いまは訂正《ていせい》しているひまはない。さっさと家を出ないと、天神くんもおかあさんもさらに余計なことを言いだしかねない。

玄関《げんかん》のドアを少し乱暴《らんぼう》に閉《し》めると、さっきまで身を守ってくれていたエアコンの冷気がなくなり、一気に暴力的《ぼうりょくてき》な暑さに包まれる。

「あっついね～。あれ、でも、汗《あせ》をかいてない？」

天神くんは涼《すず》しそうな顔をしている。音々は背負《せお》ったリュックから早速《さっそく》タオル地のハンカチを取り出そうとしているのに。

「暑いのは平気なんだ」

自慢《じまん》するでもなく、さらりとそう言うと、天神くんは「行こう」と先を歩いた。

学校に着くと小林《こばやし》先生が校門前で待っていた。今日は、サイドの髪《かみ》の毛《け》が白いままだ。

「あら～、ふたりいっしょに来たの～？」

ニヤニヤしながらそうたずねてくる小林先生を見て、音々はすぐに察した。家の住所を天神くんに教えたのはこのひとに違《ちが》いない。教師《きょうし》が生徒の個人情報《こじんじょうほう》も守れないのはいかがなものか。それでも、どこか憎《にく》めないのは先生のキャラのせいもあるだろう。キャラ勝ちはずるいとつねづね音々は思っていたが、実際憎《じっさいにく》めないのだから仕方ない。

「今日も暑いわね〜」

個人情報漏洩《こじんじょうほうろうえい》もどこ吹《ふ》く風。小林先生はそう言って、手で「うちわ」をつくって顔を扇《あお》いでいる。

「熱中症《ねっちゅうしょう》にならないように水分補給《ほきゅう》はこまめにね」

「こまめな水分補給」の指導《しどう》が音々には新鮮《しんせん》だった。音々の家では「喉《のど》が渇《かわ》いた」と思う前に飲み物が出てくるから。おかあさんが冷蔵庫《れいぞうこ》に常備《じょうび》している「デトックスウォーター」。季節の果物やハーブなんかが入っていて、とてもいい香りがする。

――いつもの、水筒《すいとう》に入れといたから。

おかあさんが持たせてくれたのは、ブルーベリーやラズベリーが入ったやつ。ベリーは予《あらかじ》め凍《こお》らせてあるので保冷効果《ほれいこうか》もあるらしい。

――音々ちゃんがまた部活に入るって聞いたときはびっくりしたけど、今度は楽しめてるみたいで、おかあさん、安心した。

音々が俳句部《はいくぶ》へ入部したことをおかあさんに報告《ほうこく》したのは、体験入部期間が終わってからだった。それまでは、帰宅《きたく》が遅《おそ》くなったときは「図書室で宿題してた、数学の」とごまかしていた。

一年生のバドミントン部のときみたいに、すぐやめてしまって心配をかけるのが嫌《いや》だったのだ。あのときのおかあさんの残念そうな顔。いま思い出しても、音々の胸《むね》はぎゅっとなる。

——俳句部《はいくぶ》に入部すること、決めたんだ。

晩《ばん》ごはんを食べながらそう告《つ》げたときの、おかあさんとおとうさんの目。あまりにまんまるで、音々のほうがびっくりして目を丸くしてしまったのを覚えている。

——音々ちゃん、その話し方は……。

そうおかあさんが言いかけたのを、おとうさんが遮《さえぎ》った。音々は「大丈夫《だいじょうぶ》」の意味でふたりに笑顔《えがお》を見せた。

天神くんも小林先生も、音々の「五・七・五」の喋《しゃべ》り方《かた》に対して何も言わなかった。

——行間を読むのは得意《とくい》なのよ。一応《いちおう》、国語教師《きょうし》なんで。

小林先生はドヤ顔で言った。

——僕《ぼく》もそれ真似《まね》したら、もっと俳句うまくなるかな。

天神くんは冗談《じょうだん》ではなく真面目に音々の真似を検討《けんとう》していた。

ふたりとも、音々の話し方を否定《ひてい》するでも、意図的にスルーするでもなく、それを「個《こ》性《せい》」として認《みと》めてくれていた。少なくとも音々はふたりから嫌《いや》な感じを受けたことはなかった。

だからこのままでいい、とは音々も思ってはいなかったが、自分の居場所《いばしょ》ができたように感じたのは確《たし》かだった。

教室では、相変わらず「無口な松尾《まつお》さん」のままだったけれど。

「松尾さん？　暑い？　大丈夫《だいじょうぶ》？」

音々がぼうっとしていたのを心配して天神くんが声をかけてくれた。熱中症《ねっちゅうしょう》になったわけではないけれど、気持ちを切《き》り替《か》えるためにも冷たい水を飲んでおこうと、リュックからおかあさん特製《とくせい》デトックスウォーターの入った透明《とうめい》な水筒《すいとう》を取り出す。

「うわっ！　何それ？　果物入ってる！　おいしそう！」

ただでさえ高かった天神くんのテンションがさらにあがる。そんなに珍《めずら》しいものだろうか。家にこれがあるのが当たり前の音々にとっては、天神くんのリアクションのほうが珍しくてびっくりしてしまう。

「ちょっと飲ませてくれない？」

天神くんが「お願い」と両手を顔の前で合わせる。「いいよ」と水筒《すいとう》を差し出しかけて、慌《あわ》てて音々は「ごめん」の意味で手刀を切った。

音々の水筒は、蓋《ふた》がコップになるタイプではなく、直接《ちょくせつ》口をつけて飲むタイプ。これをひとに、天神くんに貸《か》すということは、つまりそういうことだ。

それを口に出して説明することもできず、そっと水筒をリュックにしまう。

「え？　あ、そうだよね。ごめん」

天神くんは音々の態度《たいど》に、自分の遠慮《えんりょ》がなさすぎたと思ったのか、しゅんとなってしまった。

「違《ちが》うのよ。あげたいけれど、あのね、その……」

ふたりの間にちょっとだけ気まずい空気が流れる。

「甘酸《あまず》っぱいわね〜、もう。いいから行くわよ！」

ふたりのやりとりを見ていた小林先生が音々と天神くんの背中《せなか》をポンと叩《たた》いて、出発を促《うなが》した。

小林先生のこういうところにちょいちょい救《すく》われているから、たまに「ん？」と思うことがあっても許《ゆる》せてしまうのかもしれないと音々は思った。

——先生だって、人間だもの。

入部届《にゅうぶとどけ》の件《けん》で小林先生を追及《ついきゅう》したときに返ってきたセリフだ。それはそうかも、と変に納得《なっとく》したのを覚えている。開き直られても困《こま》るのだけれど。

三人は校舎《こうしゃ》に見送られるように、学校を背《せ》に歩きだした。

「さあ、まずはどこを目指す？」

小林先生の質問《しつもん》に、音々は「え？」となる。てっきり決めているものだと思っていたからだ。こういうことは先に生まれた人間が先導《せんどう》するものでしょ。

——先生だって、人間だもの。

同じセリフが蘇《よみがえ》る。そうだ。先生だからと無条件《むじょうけん》に役割《やくわり》を押《お》しつけるのはよくない。それはイコール天神くんは優等生《ゆうとうせい》だからできて当然、音々は陰《いん》キャだから教室で発言しなくてもよい、みたいな、勝手な決めつけになってしまう。音々はそっと反省した。

「どうせなら木とか水とか、多いとこがいいですよね」

それでも天神くんより先に提案《ていあん》することはできなかった。先を越《こ》されてしまったことに申《もう》し訳《わけ》なさを感じてしまう。

「松尾さんは、どう？」

音々に異論《いろん》も反論もない。黙《だま》ってこくりとうなずくと、天神くんが少し寂《さび》しそうな顔をした気がした。

これじゃあいつもの教室といっしょだ、と音々は思う。クラス全員に何かしらの意見を求められているのに「ありません」と返すいつもと。反省していると小林先生が口を開く。

「吟行《ぎんこう》の王道ね。ふたりともグッチョイス！　自然を詠《よ》むのが俳句《はいく》だからね」

空気を変えてくれたのだと気づく。小林先生は、続けて天神くんにたずねた。

「至《いたる》ちゃん、となればどこに行くのがベストかしら？」

「スポーツ公園《こうえん》とかどうですか？」

そこは、音々の中学校から歩いて十五分くらいのところにある場所で、「公園」と名はついていても遊具や噴水《ふんすい》はなく、広大な緑地エリアの中にいろいろな種類のスポーツ施設《しせつ》が集まっている。

「いいじゃない。あそこは雑木林《ぞうきばやし》や小川もあるし」

グッドアイディアと小林先生は親指を立てているが、音々はその場所に普段《ふだん》は近寄《ちかよ》らないようにしていた。スポーツ公園は、市内の学校の運動部が練習や試合にもよく使っていて、正直、音々の苦手なタイプの人間が集まる場所という認識《にんしき》があった。

「いまの時期はいろんな運動部が練習してるはずなんで、そういうテーマもたくさんあるんじゃないかなって」

天神くんは嬉《うれ》しそうに選定の理由を述《の》べた。音々は同じ理由でスポーツ公園を避《さ》けたいのだが。

他校の生徒がいるというのも音々が敬遠《けいえん》したい理由のひとつだった。「あの子」がいるかも。運動部に入ったかどうかも知らないが、もしばったり会ってしまったら。考えるだけで、暑さのせいではない汗《あせ》が噴《ふ》き出《で》てくる。

「どうかな、松尾さん？」

まっすぐこちらを見つめてくる天神くんの瞳《ひとみ》に、音々は首を横には振《ふ》れなかった。

汗をかきかき、水を飲み飲み、小林先生の「タクシー乗ればよかったわー」の愚痴《ぐち》を聞き聞き、やっとのことで三人はスポーツ公園に到着《とうちゃく》した。

「ミーンミンミンミン」という蝉《せみ》の声に混《ま》じって「オー！」とか「いいぞー！」とか「ファイトォ！」みたいな声が響《ひび》いてくる。

音々は不思議な感覚を覚えていた。自然の中にひとの声。頭で考えれば特別なシチュエーションでもなんでもないのに、音々には運動部員たちの叫《さけ》ぶ声が、妖精《ようせい》たちが仲間を呼《よ》び合《あ》う声に聞こえていた。

『アブラゼミ　負けじと叫ぶ　運動部』

気づけば、句《く》がこぼれていた。俳句部《はいくぶ》に入ってまだわずか。なのに、最近音々は反射的《はんしゃてき》に俳句を詠《よ》んでしまう瞬間《しゅんかん》がある。頭の中で推敲《すいこう》もしない。まるで脊髄《せきずい》が十七音を奏《かな》でているような感覚で口から出てきてしまうのだ。

「あら、早速《さっそく》！　音々ちゃん、さっきまで渋《しぶ》り顔《がお》だったのに、やる気満々じゃない？」

暑さでヘタリ顔だったくせに、小林先生が音々をいじってくる。でも気にしない。句を吐《は》き出《だ》したことで音々はスッキリしていた。心なしか、木々の隙間《すきま》をぬって吹《ふ》いてくる風も涼《すず》しく感じる。

「思いついた句や題材はちゃんとメモっときなさいよ」

小林先生に言われて思い出し、音々はリュックからノートとシャーペンを取り出す。

【No.17】と書かれた大学ノート。音々の本音を綴《つづ》るためのノートは、いつからか俳句《はいく》ノートも兼《か》ねるようになっていた。

【アブラゼミ　負けじと叫《さけ》ぶ　ウンドウブ】

文字で記す際《さい》、「ウンドウブ」とカタカナにしてみた。「アブラゼミ」と対比《たいひ》させて、生き物の名前みたいにできるのではないかと思ったからだ。

「お、あえてのカタカナ！　『ウンドウブ』の鳴き声が聞きたくなるね」

音々の手元をのぞきこんで天神くんが感想を述《の》べた。わかってくれて、伝わって嬉《うれ》しい。そう気持ちが昂揚《こうよう》しつつも、音々は慌《あわ》ててノートを閉《と》じた。

最近、ノートに「本音」は書いていない。でも、このノートを見られるのは、音々の心の中をのぞかれているのと同じ感覚だった。やはり家から持ち出すべきではなかったと、いまさらながら深く反省した。

「ごめん、勝手に見ちゃって。俳句ノートは大事なネタ帳だもんね。見せてほしいときはちゃんと声をかけるよ」

天神くんはすぐに謝《あやま》ってくれた。ただ、「見せて」と言われてすぐ見せられるものでもないので、音々はあいまいな表情《ひょうじょう》を返すのみにした。

天神くんはスマホをタタタと軽《かろ》やかにタップして、何やら打《う》ち込《こ》んでいる。気づいたことや思いついたことをメモしているのかもしれない。

スマホという手があったかと感心しつつも、長年の書くという習慣《しゅうかん》が染《し》みついた音々にはノートのほうが合っている気もした。

「陸上競技場《りくじょうきょうぎじょう》のほうに行ってみようか」

天神くんの提案《ていあん》で、音々たちはスポーツ公園の奥《おく》に進んでいく。

「あ、ちょっと先行っててちょうだい」

小林先生が方向転換《てんかん》して、ふたりとは別方向へ。何か用事だろうか。


『喜雨《きう》を待つ　少女がひとり　花を摘《つ》む』


背中《せなか》でそう残したかと思うと、あっという間に小林先生は見えなくなってしまった。

「トイレだよ、きっと」

天神くんがそっと教えてくれた。

そういえば、小林先生はここに来るまででペットボトルのアイスティーを飲《の》み干《ほ》してしまっていた。合点《がてん》がいく。

それにしても、トイレに行きたいだけなのに、なんて綺麗《きれい》な句《く》を詠《よ》むのか。その詩的な行為《こうい》と生物的な行為のギャップで音々は笑いがこらえられなかった。

天神くんもつられて笑った。

ふたりで声を出して笑った。その一瞬《いっしゅん》だけ、蟬《せみ》の声にも、部活の声援《せいえん》にも負けない笑い声がふたりの間にだけ響《ひび》いた気がした。

音々の頭の中からはもう「あの子」と遭遇《そうぐう》してしまう心配はなくなっていた。「ありえない」と思《おも》い込《こ》んでのことではない。「考えても仕方ない」と思えるようになったのだ。これは、音々的には大きな進歩といえる。自覚はほとんどなかったが。


「あれ〜、至じゃん？」

「え？　嘘《うそ》？　至って、ウワサの天神くん⁉」

「うわっ！　マジでイケメンじゃん。しかもこの暑さで汗《あせ》ひとつかいてないとか、神なん？」

「それならオレも神？」

「あんたはさっきまで日陰《ひかげ》でサボってたからでしょ」

陸上競技場《りくじょうきょうぎじょう》に近づくと、男女数人の視線《しせん》と騒《さわ》がしい声がこちらに向けられた。

出入り口付近に置いてある自動販売機《じどうはんばいき》の前で、ランニングに半《はん》パン姿《すがた》の男女が数名。天神くんを知っているということは同じ中学の生徒なのだろう。音々にはまったく見覚えがないので、違《ちが》うクラスか、違う学年なのかもしれない。

「なになに、また助《すけ》っ人《と》してくれんの？」

さきほどまで「サボっていた」という男子生徒が、こちらに駆《か》けてきて天神くんの肩《かた》を抱《だ》く。まさか運動部の助っ人として活躍《かつやく》していたとは。天神くんの才能《さいのう》の「底」が、いや、「天井《てんじょう》」が見えない。

「残念。僕《ぼく》もいま部活動中なんで」

天神くんは肩にのった手を潜《くぐ》るようにして優《やさ》しく振《ふ》り解《ほど》くと、音々のほうを振り返った。

「行こう。松尾さん」

その瞳《ひとみ》は、俳句部《はいくぶ》で見る天神くんの澄《す》んだそれではなく、教室などで時折見かける、どこか壁《かべ》をつくっているときのものだった。

こくりとうなずいて音々は天神くんのあとに続く。

「え〜、行っちゃうの〜？」

「私《わたし》たちの練習、見てけばいいのに」

「そうそう。陸女《りくじょ》の筋肉美《きんにくび》に見惚《みほ》れちゃうかもよ〜」

女子メンバーたちが、冗談《じょうだん》めかしながら、太ももにぐっと力を入れて筋肉を強調したポーズをとる。

天神くんは決して足のほうを見ず、女子たちに目線だけでつくったような笑顔《えがお》を送る。

「きゃー」と「陸女」たちがはしゃいだ。あんな嘘《うそ》っぽいつくり笑いでなぜテンションがあげられるのか音々にはわからなかった。

「今度また見学に来るよ。鈴木美織《すずきみおり》さん、田中柚《たなかゆず》さん、高橋咲良《たかはしさくら》さん」

左から順番に読み上げるように三人の名前を発する天神くん。いつもの歌うような話し方はどこへやら。抑揚《よくよう》のない平坦《へいたん》な声に、音々までひやりと嫌《いや》な気分になる。

「え〜、なんでうちらの名前知ってんの？　同《おな》クラになったことないよね？」

「ああ、あいつ、全校生徒の顔と名前覚えてるらしいよ」

サボり男子が見事な解説役《かいせつやく》を果たしている。

「マジ!?　もう、神すぎるんですけど」

あんな名前の呼《よ》ばれ方《かた》で感動できるなんて、と音々はびっくりした。自分だったら、天神くんにあんな冷たく名前を呼ばれたら、ちょっと嫌《いや》かも。

まるで自分が呼ばれたかのようなショックで固まっていると、天神くんにきゅっと手を摑《つか》まれた。

「行こう。吟行《ぎんこう》の時間がなくなっちゃう」

引《ひ》っ張《ぱ》られるように音々は天神くんについていく。

「銀行？　なんの用？」

背後《はいご》では、かつて音々がしたような勘違《かんちが》いの声が聞こえる。

「つか、あのいっしょにいた子は？」

「知らない。うちの学校？」

「あ、なんか見たことあるかも」

鈴木さんか、田中さんか、高橋さんかはわからないが、その女子の声に音々の耳が反応《はんのう》してしまう。

「学校で全然喋《しゃべ》んない子がいるって聞いて、一年のとき見に行ったかも」

「柚ってば、『こうきしんおうせい』だかんね」

「じゃあ、さっきのがその喋《しゃべ》んない子？」

「たぶん」

「安心した！」

何にだろうか、と遠ざかりながらも音々の耳は彼女《かのじょ》たちの声に囚《とら》われてしまっていた。

「手とかつないじゃってるから天神くんと付き合ってんのかと」

「え〜、それはないっしょ」

「学年一のイケメンと、地味な無口女子でしょ。ないないないない」

「ないないない」の声がたまたま揃《そろ》ってしまうと、そのことがおかしかったのか、その笑いは爆笑《ばくしょう》へと変わった。

その爆笑がすっかり遠ざかったとき、音々は立ち止まり、天神くんの手からするりと自分の手を抜《ぬ》いた。

「もういいよ。私《わたし》、ひとりで歩けるし」

天神くんは悪くない。音々もそれはわかっている。声に棘《とげ》が生えているのがわかって自分のことが嫌《いや》になる。

「ごめんね」

その「ごめん」は何に対してか聞きたかった。勝手に手を握《にぎ》ったことか。陸上部の女子たちの言っていたことに対してか。どちらも天神くんは悪くない。でもいまの音々にはどちらも許《ゆる》せなかった。

「あ～、いた～。ごめんね～。お花畑がなかなか見つからなくて～」

小林先生が、向こうから駆《か》けてきた。

「すみません。気分悪くて、帰ります」

音々はそう先生に告《つ》げると、逃《に》げるようにスポーツ公園をあとにした。

音々は振《ふ》り返《かえ》らなかった。

天神くんは追いかけてはこなかった。

ピンポーン
翌週《よくしゅう》、音々の家のチャイムが鳴った。おかあさんが「誰《だれ》かしら」と応対《おうたい》に出る。
「あら、天神くん」
その声に思わず自室に逃《に》げ込《こ》む音々。おかあさんには「部活には行かない」と伝えてあった。過去《かこ》の経験《けいけん》から、おそらく音々の意思に反する行動はとらないと思う。

「ごめんなさいね。暑さのせいか、ちょっと体調崩《くず》してて」

うまい言《い》い訳《わけ》だ。音々は部屋から耳だけでやりとりを確認《かくにん》する。

「また来ます」

天神くんの声だ。いつもの元気はない。そのことに音々の胸《むね》がちくりと痛《いた》む。

「あの子ね、昔にも、学校で嫌《いや》なことあって、だから……」

おかあさんが余計《よけい》なことを言おうとしている。音々は思わず「おかあさん！」と叫《さけ》んでしまった。自分でもびっくりするくらいの大声が出た。

「きゃっ！　あ！　ご、ごめんなさいね。本当、ごめんなさい。また来てくださいね」

おかあさんが天神くんに何度も謝《あやま》る声がしたあと、玄関《げんかん》のドアを閉《し》める音がした。

おかあさんが今度は音々に、部屋の外から何度も謝った。「謝らないで」「おかあさんは悪くない」「悪いのはきっと全部私《わたし》」。そう言いたかったけど、音々の口からは言葉どころか、一音すら出てこなかった。

しばらくするとおかあさんの気配もなくなった。

静かな部屋で、エアコンのモーター音だけが唸《うな》るように響《ひび》いている。

音々は、涼《すず》しさと寂《さび》しさを両方手に入れた気がした。

いいんだ。夏休みは涼しい部屋にこもって過《す》ごす。毎年そうしてきたじゃないか。いつもどおりだ。音々はそう自分に言い聞かせた。

会えない【秋】

ピンポーン
音々《ねね》が覚えている限《かぎ》り、十七回目のチャイム。音々が、部活にも、夏休み明けからは学校にも行かなくなって、十七回目のチャイムが鳴った。

「はーい」

おかあさんがゆっくりと腰《こし》を上げる。このあとのやりとりに飽《あ》き飽《あ》きしているのかもしれない。背中《せなか》がまるでおばあちゃんのように曲がっている。

「こんにちは」

いつもの澄《す》んだ歌声のような挨拶《あいさつ》ではなかった。ハスキーな、それでいて、ハイトーンの声。音々はその声を久《ひさ》しぶりに聞いた。

「はじめまして。松尾《まつお》音々さんの部活動の顧問《こもん》をしております、小林《こばやし》と申します」

丁寧《ていねい》な口調。小林先生がまるで「先生」みたいだった。

「すみません」

いつものように、おかあさんが謝《あやま》る。音々は複雑《ふくざつ》な気分になる。申《もう》し訳《わけ》ない気持ちもあるし、なんで謝らないといけないのかという気持ちもある。

「いえ、今日は句会《くかい》のお誘《さそ》いに来まして」

「クカイ？」

おそらく頭の中で漢字が浮《う》かんでいないであろうおかあさんが、おうむ返しをする。

「はい。音々さんにこのチラシをお渡《わた》しいただけますか？」

「はあ」

状況《じょうきょう》を飲《の》み込《こ》めないままおかあさんはチラシを受け取ったようで、小林先生は帰っていった。「学校へ来なさい」とは一言も言わないまま。

「音々ちゃん」

すぐあと、音々の部屋のドアがノックされる。

「行かないよ」

これもいつもの返しだ。

「うん、それはいいの。でも、何、これ？　ああ、句会《くかい》って書くのね。これ、音々ちゃんの好きな俳句《はいく》の会なんでしょ？」

音々は何も言わない。

しばらく待っていたが、音々の反応《はんのう》がないことを確認《かくにん》すると、「置いとくわね」と、おかあさんはドアと床《ゆか》の隙間《すきま》からすっとチラシを差《さ》し込《こ》んだ。足音がリビングのほうに去っていく。

ちょっと悩《なや》んでから、音々はチラシを手に取ることにした。

【流《なが》れ星《ぼし》句会《くかい》】

タイトルにはそう書いてあった。主催者《しゅさいしゃ》はもちろん小林先生。ここでは、【一《にのまえ》】となっている。

俳句部に入ってからわかったことだが、句会の名前は普通《ふつう》一度つけたら変えないそうだ。でも、小林先生、いや、一先生の場合は、そのときそのときの気分で変えてしまう。先生らしいと言えばらしいのだけど。

【十七音の願いを込めて】

キャッチコピーだろうか。タイトルの下に、斜《なな》めに書かれた言葉に音々の心が反応する。

自分ならいま何を流れ星に願うだろう。

「ほっといて　お願いだから　そっとして」

口に出してみる。違《ちが》う。ちょっと前の音々ならきっとそう思っていたはずだ。いまは違う。本心でそんなことを願っているわけではない。

「なりたいよ　キラキラしてる　あのひとに」

これも違う。自分は自分。それは十分すぎるほどに理解《りかい》している。それに、天神《てんじん》くんや小林先生のおかげで、自分という存在《そんざい》をそこまで嫌《きら》いにならなくてもいいと思いはじめてもいた。

変わらなければ。でも、誰《だれ》かになりたいわけじゃない。

「会いたいな　見ていただけの　流れ星」

思わず口をついて出てきた十七音。音々は慌《あわ》てて、口を手で覆《おお》った。時すでに遅《おそ》し。吐《は》き出《だ》されてしまった五・七・五は、音々の耳に返ってくる。途端《とたん》、その耳が真っ赤に発熱していることを感じる。

クールダウンせねば。音々は、十七音を発することをやめて、チラシの文字に集中することにした。【開催日《かいさいび》】【開催場所】などの事務的《じむてき》な情報《じょうほう》が目から脳《のう》に入り、少しだけ音々を落ち着かせてくれる。

ぺらり。すべてを読み終わったあと、裏面《りめん》もあるのかな、と音々はチラシを裏返《うらがえ》してみた。

白紙。ではなかった。右下隅《すみ》に、こっそり落書きしたかのように句《く》が書かれている。

【聴《き》きたいな　十七音の　流れ星】

落書きというには、あまりにうますぎる文字。すぐに誰《だれ》が書いたかわかった。そして、その句の意味も。

せっかく落ち着いてきていたのに。音々は、ベッドにダイブして、枕《まくら》の下に頭から突《つ》っ込《こ》んだ。もう、もう、もう。どうしてくれるの、と心の中で絶叫《ぜっきょう》しながら。

来てしまった。音々は公民館の前に立って後悔《こうかい》していた。

夏休みが明けてから学校に行っていない自分が、外に出てきてよかったんだろうか。おかあさんは、涙目《なみだめ》になって送り出してくれた。思えば、中学校の登校初日は涙目どころか、わんわん泣いてたっけ。

そのことを思い出すと、やっぱりやめたとは言えず、音々は家を出て、そのまま『流れ星句会』の開催《かいさい》場所となっていた公民館に来てしまっていた。

深呼吸《しんこきゅう》。前回ここに来た梅雨時《つゆどき》と違《ちが》って、吸《す》い込《こ》む空気が少し乾《かわ》いていて、涼《すず》しげだ。

「あれ、音々……さん？」

名前を呼《よ》ばれて一瞬《いっしゅん》ドキリとする。でも、その声が大人の女性《じょせい》であることに気づき、ホッとして振《ふ》り返《かえ》る。

そこには、前回の五月雨《さみだれ》句会《くかい》で『三國《みくに》』と呼ばれていた女性が立っていた。紫陽花《あじさい》のひとだ、と音々もすぐに思い出す。

会釈《えしゃく》をすると、「ああ、やっぱり」と嬉《うれ》しそうに顔を輝《かがや》かせる三國さん。

「前に『色のない虹《にじ》』を詠《よ》んだでしょ。あれ、すっごくよかった」

一歩近づいてきて、三國さんが音々の顔を正面から見据《みす》える。小柄《こがら》な音々と同じ高さの目線。大人だけれど、小さくてかわいらしいひとだ。

「しかも、聞いたら、句会どころか、俳句《はいく》を詠むのもほぼ初めてだったっていうじゃない？　もうびっくりしちゃって」

だから顔も名前も覚えていたのだ、と三國さんは付け加えた。

「久《ひさ》しぶりよね？　句会《くかい》に来るの」

中学の俳句部《はいくぶ》に入ってからは、そちらが忙《いそが》しくて句会には参加していなかった。そもそも小林先生が、句会はもう少し俳句を学んでからね、と出入りをやんわり禁止《きんし》していたからだ。

そのくせ、音々が不登校になったら句会を使って外に誘《さそ》い出《だ》そうだなんて、相変わらず小林先生はずるい、と音々は思った。

「二《に》の前《まえ》先生ね、いっつも音々さんと嬉歌《うた》くんの話するのよ」

三國さんの言葉に、音々は目を丸くする。まさか、悪口ではあるまいな、とまで思ってしまう。

「『中学生の観《み》てる世界はすごい！　神さまでも流れ星でもいいから、誰《だれ》かワタシの願いを叶《かな》えてくれるなら、あのふたりみたいになりたいわ！』って」

モノマネをしているのだろうか、三國さんは小林先生のようなハスキーな声色《こわいろ》でそう言った。

先生がそんなことを思っていたなんて。音々はいつも飄々《ひょうひょう》としている先生の内心を知って、戸惑《とまど》いを覚えた。

「そんなこと言われるなんて、意外です」

ぼそりとこぼすと、「そうよね〜」と三國さんが楽しそうに同意した。そのまま音々の背中《せなか》を軽く押《お》し、いっしょに公民館の中に入っていく。

「あら⁉　まあ！　どうしたの？　音々ちゃん⁉」

【流れ星句会】と書かれた看板《かんばん》が置かれた部屋に入るやいなや、小林先生がおおげさな声をあげる。何が、まあ、だ。自分でチラシを置いていきながら。そう思いつつも、先生の気持ちを聞いてしまっていたため、音々はどんな顔をしていいかわからない。

ぐるりと部屋の中を見回すも、天神くんが見当たらない。遅刻《ちこく》だろうか。いや、それはない。普段《ふだん》、学校でも決して遅刻などしない天神くんだが、俳句《はいく》に関することでは、五分前集合どころか、そのさらに十分前集合とかしてしまうひとだ。

「風邪《かぜ》ですって」

音々の視線《しせん》に気づいたのか、小林先生が申《もう》し訳《わけ》ない、という顔をして言った。

小林先生のせいではないが、それでも音々は残念な表情《ひょうじょう》を隠《かく》せなかった。

「ごめんなさいね」

小林先生が改めて頭を下げる。これではまるで音々が天神くんに会いに句会《くかい》に来たみたいではないか。音々は慌《あわ》てて、両手を振《ふ》って「違《ちが》います」の意思表示《ひょうじ》をした。

「やりましょう。今日の句会も即興《そっきょう》を？」

音々はこれ以上変な誤解《ごかい》を与《あた》えないよう、努めて元気な声でそう先生にたずねた。

「いえ、今日はちょっと趣向《しゅこう》を変えて……」

小林先生が部屋の隅《すみ》にあったホワイトボードをガラガラと中央に押《お》してくる。

【俳句甲子園《はいくこうしえん》】

キュキュッと音を立てて、その五文字が現《あらわ》れた。

「先月、これ観《み》に行ってきたの、愛媛《えひめ》まで」

胸《むね》を張《は》る小林先生。甲子園って野球じゃないの、と首をかしげる音々。

「ここにいるほとんどのひとが高校時代なんてはるか昔になっちゃうけど」

小林先生がそう言うと、女性陣《じょせいじん》からブーイングが起こる。

「ほほ、ごめんなさい。本当のこと言っちゃって」

気にせず続ける小林先生。

「やっぱいいわよね、青春って感じで。負けて泣いてる子も、勝って泣いてる子もいて」

小林先生は目をつむり、そのときの情景《じょうけい》を思い出しながらうんうんとうなずいている。

「そんな青春をここで再現《さいげん》することは難《むずか》しいけど、俳句甲子園みたいな句会《くかい》はできるかもって思ったの」

やっと本題に辿《たど》り着《つ》いた。

「赤白二チームに分かれて、先鋒戦《せんぽうせん》、中堅戦《ちゅうけんせん》、大将戦《たいしょうせん》の三回勝負。対戦ごとに質疑応答《しつぎおうとう》を三分以内で。その内容《ないよう》も含《ふく》めて審査員《しんさいん》が旗を挙げて勝敗を決めるのよ」

誰《だれ》が書いたかわからないようにして句を批評《ひひょう》する普段《ふだん》のカタチではなく「私《わたし》が詠《よ》みました」と宣言《せんげん》して、それをチーム対抗《たいこう》で批評し合うということか。なるほど、確《たし》かに「対決」っぽい。チーム戦というのも甲子園らしい。

「じゃあ、ワタシが『行司』をやるから、適当《てきとう》にチームをつくっちゃって」

小林先生が言うと、みな何度か視線《しせん》を交差させながら、チームをつくっていく。音々はこういう瞬間《しゅんかん》がいちばん苦手だった。いつもはクラスメートを観察しているくせに、いざ目が合いそうになると視線を逸《そ》らしてしまう。結果、あぶれてしまい「ぼっち」になる。

「音々ちゃんは今回、審査員ね」

小林先生の言葉に、音々はぎょっとしてしまう。俳句《はいく》をはじめてまだ数か月の自分に審《しん》査《さ》など務《つと》まるわけがない。ぶんぶんと首を横に振《ふ》る。

「俳句甲子園の参加者は高校生。まだ中学生だけど、音々ちゃんの世代から素直《すなお》な視点《してん》で、とっくの昔に高校を卒業しちゃったおじさんおばさんたちを審査《しんさ》してあげてほしいの」

「一《にのまえ》先生、聞こえてますよ！」

「私《わたし》は、永遠《えいえん》の十六歳《さい》ですから！」

笑いまじりの声が返ってくる。

「そういう発言がもうおばちゃんなのよ〜」

先生も応戦《おうせん》する。部屋の中が一気ににぎやかになる。

その理由に納得《なっとく》したわけではないが、音々は審査員を引き受けた。いつも自分で詠《よ》んで先生や天神くんに評価《ひょうか》してもらってばかりだった。たまにはひとの句《く》をじっくり聞いてみるのも大事かもしれない。そう音々は思い、小林先生から赤と白の旗を受け取る。

「さあ、一回戦、いってみようかしら！」

小林先生が指名した二チームが、配置につく。兼題《けんだい》もそこで発表される。

白熱した戦いだった。途中《とちゅう》、質疑応答《しつぎおうとう》のディベートが盛《も》り上《あ》がりすぎて、先生が止めに入る一幕《ひとまく》もあった。

みなが終わったあとに、「あのころに戻《もど》ったみたい」と嬉《うれ》しそうに感想を述《の》べていた。俳句《はいく》自体も、あえて「高校生らしく」を意識《いしき》していたのが、審査員《しんさいん》をしていた音々にもよくわかった。

「片付《かたづ》けはやっておくから、ここ寄《よ》ってあげなさい」

小林先生が、そう言ってスマホをタタッとタップした。

「ポン！」

音々のスマホが鳴る。位置情報《いちじょうほう》が届《とど》いていた。

「そこ、嬉歌《うた》ちゃんち。もう熱もだいぶ下がったみたいだから、お見舞《みま》い行ってあげて」

音々は首を横に振《ふ》った。いきなり家になんて行けない。でもそういえば、天神くんは夏休み、いきなり家に来たっけと思い直す。

どうしようと音々は悩《なや》んだ。

――【聴《き》きたいな　十七音の　流れ星】

チラシの裏《うら》に、控《ひか》えめながら美しい文字で書かれた句が音々の頭に浮《う》かぶ。同時に目の前を星々が流れていく。十七個《こ》。キラキラと音を立てながら。

音々はその星のにぎやかなまでの輝《かがや》きに、少しだけ勇気をもらった気がした。

「お大事にって伝えといて」

音々の表情《ひょうじょう》から覚悟《かくご》を読み取ったのか、小林先生がそう言って、音々を送り出してくれた。

ピンポーン
そっと押《お》したつもりでも、家の中では思ったより大きな音が響《ひび》いている。ここまで来てもまだ音々は「天神くん、寝《ね》ててくれないかな」と思っていた。

あれだけ居留守《いるす》や仮病《けびょう》を使って天神くんを避《さ》けてきた自分が、どんな顔をして会えばいいのだろうか。

「は〜い?」

多少かすれているが、歌うような声。天神くんだ。

「松尾です。風邪《かぜ》ひいたって聞いたから」

インターホン越《ご》しに応《こた》える。

「え⁉　ええ⁉　あ！　先生だな！」

察しのいい天神くんはすぐに、音々がお見舞《みま》いに来た理由がわかったようだ。大正解《だいせいかい》。

音々は、ピンポーンとチャイムを押《お》してあげたくなっていた。

「今日、句会《くかい》行ったんだね。残念だな。僕《ぼく》もすごく行きたかったのに」

本当に残念そうな声。顔を見て話しているわけではないのに、天神くんの声には感情《かんじょう》がちゃんとのっている。

「お見舞いに、来たけど調子、どんなかな？」

熱は下がったと先生は言っていたけれど、こんなに行きたがっていた句会を休むほどなのだ。よっぽどつらかったのではないかと音々は思った。

「え？　うん、大丈夫《だいじょうぶ》。でも、もしかしたら、また熱上がったかも」

天神くんが急に心配になるようなことを言いだした。お見舞いに来たことが逆効果《ぎゃくこうか》だったたろうか、と音々は後悔《こうかい》した。

「あ、嘘《うそ》、嘘。大丈夫だから。でも、うつるといけないから、今日は、このままインターホンで話してもいいかな？」

一転、元気そうな声から、最後は少し甘《あま》えるような声になっていた。声だけで表情までわかるような気がした。天神くんや小林先生は音々の「声」を褒《ほ》めてくれるが、音々のほうこそ、天神くんのような声を持っていたらとうらやましくてしょうがない。

「今日の句会《くかい》は何をやったの？」

「甲子園。野球じゃなくて、俳句《はいく》のね」

「ああ、先生、愛媛行くって言ってたな」

「そういえば、お土産《みやげ》あるの、忘《わす》れてた」

音々は小林先生から愛媛のお土産を預《あず》かってきたことを思い出した。『一六《いちろく》タルト』だと言っていた。

「一六か。あと『一』足りないね」

インターホン越《ご》しに「ふふふ」と笑い声が漏《も》れる。天神くんの言いたいことがわかり、音々もうなずく。見えていないはずなのに、「だよね」とリアクションが返ってきて、音々はびっくりする。

「松尾さんならすぐにわかってくれるって思ったからさ」

そう言われて、思わずインターホンが「カメラつき」だったかどうか確認《かくにん》してしまう。

もし、カメラがついているなら、さっきまでの自分の表情《ひょうじょう》とかが全部見られていたことになる。油断《ゆだん》していたから恥《は》ずかしすぎる。

カメラはついていなかった。ホッとして話を続ける。

「私《わたし》もね、やってみたいな、甲子園」

今日、審査員《しんさいん》をしてみて思った。無記名投句《むきめいとうく》して批評《ひひょう》されるドキドキも、一対一での即《そっ》興《きょう》バトルのドキドキも、いまでは両方好きだと思える。今度は、自作を宣言《せんげん》したうえで句を詠《よ》みあげ、それをチームで推《お》すという体験にワクワクしていた。

「いいね、それ！」

天神くんが即座《そくざ》に賛同《さんどう》してくれる。

「今度の文化祭でやろうよ」

音々も同じことを考えていた。天神くんと以心伝心だったことにテンションがあがる。

俳句部《はいくぶ》は人数を集めることと同時に活動実績《じっせき》を残すことも求められていた。句会などへの参加はあるが、もっと学生っぽくて、わかりやすいものがいいとつねづね小林先生も言っていた。

「人数も、相手チームもいないけど」

大きな問題だった。解決策《かいけつさく》はまったく考えていなかった。

「大丈夫《だいじょうぶ》。そのへんは僕《ぼく》と先生でなんとかするから」

頼《たの》もしい。でも、そこまで任《まか》せっきりでいいのだろうか。自分も部員のひとりなのに、と音々は思った。

「よかった」

ふいにインターホンから漏《も》れた言葉に、「何が」と思ってしまう音々。

「だって、松尾さん、学校にまた行きたくなったってことでしょ」

すっかり忘《わす》れていた。句会《くかい》での「模擬《もぎ》」俳句甲子園が素晴《すば》らしすぎて、こうして天神くんとインターホン越《ご》しとはいえ久《ひさ》しぶりにお喋《しゃべ》りできて、自分がいま不登校状態《じょうたい》であることが、すっかり、まるっと、頭の中から消えてしまっていた。

「自分でも呆《あき》れるくらい忘れてた」

そう自分で口にしてみると、途端《とたん》におかしくなってきた。そうだ、忘れればいいのだ。顔も名前も知らなかった陸上部のひとにちょっと何か言われたことなんて、覚えておく必要なんてなかったのだ。

「あの子」に言われたときのショックに比《くら》べたら、なんてことない。

「昔にね、もっとひどい子いたんだよ」

なぜだろう。両親と当時の担任《たんにん》の先生以外に言ったことのない「あの子」の存在《そんざい》を、音々はぽろりと天神くんに漏《も》らしてしまっていた。

「そのときね、変なあだ名をつけられて……」

天神くんは黙《だま》っている。インターホン越《ご》しに聞いているのはわかる。

「音々って名、好きになれなくなっちゃった」

「素敵《すてき》な名前だよ」

天神くんの声が返ってくる。

「僕《ぼく》は好きだよ」

音々の顔が反射的《はんしゃてき》に赤くなる。いや、名前。名前のことだから。必死に言い聞かせる。同じフォローを天神くんがしてくれると信じていた。けど、天神くんは補足《ほそく》も否定《ひてい》もしない。

代わりにぼそりと、まるで独《ひと》り言《ごと》のようなトーンの声がインターホンから聞こえてきた。

「他人の言うことなんて気にしなければいいのにね」

天神くんの言葉は一瞬《いっしゅん》音々のことを言っているように聞こえた。だが、「おや？」と思う。語尾《ごび》が「いいんだよ」ではなくて、「いいのにね」だった。それはまるで自分自身に言い聞かせているようだ。

「今日はごめんね、せっかくお見舞《みま》いに来てくれたのに、こんなインターホン越《ご》しで」

風邪《かぜ》をうつさないようにという天神くんの気持ちを否定《ひてい》するつもりはない。ただ、少しだけ、ほんの少しだけ、音々には違和感《いわかん》があった。

「松尾さん、今日うちに来たことは誰《だれ》にも言わないでね」

さらに違和感。天神くんはそんなお願いをするようなひとではない。少なくとも、教室で見る優等生《ゆうとうせい》の天神くんも、部室で会う俳句《はいく》大好きの天神くんも。

風邪気味で気持ちが弱っているだけかもしれない。

「言わないよ。そもそも話す友いない」

「そんな寂《さび》しいこと言わないの」

そう返してきた天神くんの声のほうが、寂しそうだった。

音々は玄関《げんかん》のドアノブに小林先生のお土産《みやげ》の『一六タルト』を袋《ふくろ》ごとひっかけて、天神家をあとにした。

「月曜日学校でね」

背後《はいご》でインターホンから声がする。音々は返事をしなかった。学校で会えばいいだけだから。

このことを帰っておかあさんに言ったら、また泣いちゃうに違《ちが》いないな、と音々は少しだけ面倒《めんどう》くさく思いながら家路を急ぐ。

秋の日はつるべ落とし。オレンジ色の空の向こうに、すでに夜の気配が近づいてきていた。

短くない【秋】

「パイセン、よろしくっス！」

久《ひさ》しぶりの学校。教科書や筆記用具を鞄《かばん》から出していると、突然《とつぜん》声をかけられた。

この大声は、鹿沼《しかぬま》くんだ。「パイセン？」と音々《ねね》の頭にクエスチョンが浮《う》かぶ。鹿沼くんの「先輩《せんぱい》」になった覚えはない。

「俺《おれ》、俳句部《はいくぶ》に入ったんよ」

鹿沼くんが胸《むね》を張《は》る。音々は慌《あわ》てて天神《てんじん》くんの姿《すがた》を探《さが》した。見当たらない。まだ風邪《かぜ》が治っていないのだろうか。

「おはよー、天神くん。もう大丈夫《だいじょうぶ》なの？」

教室後方で女子たちの「きゃーきゃー」した声が響《ひび》く。振《ふ》り向《む》くとそこにはいつも以上に爽《さわ》やかに笑う天神くんがいた。

「あ、朋希《ともき》！　説明は僕《ぼく》からするって言ったろ！」

音々と鹿沼くんがいっしょにいるのを見て、すぐに状況《じょうきょう》を察した天神くんが、鞄《かばん》を肩《かた》にかけたまま歩《あゆ》み寄《よ》ってくる。

「え〜、だって、至《いたる》が珍《めずら》しく遅《ち》刻《こく》するから〜」

「遅刻してない」

天神くんは壁《かべ》にかけられた時計を指差す。HR《ホームルーム》五分前。天神くんは間違《まちが》っていない。いつもが早すぎるのだ。

「いいじゃん。俺《おれ》だって久々《ひさびさ》の部活、楽しみにしてたんだし」

そういえば、鹿沼くんは一年生のとき野球部だったはずだ。しかも、期待の新人の。

——鹿沼、部活やめたってよ。

一時期、学年中がその話題で騒然《そうぜん》となったのを音々は覚えていた。「肘《ひじ》を壊《こわ》した」「腰《こし》をやった」などの「故障《こしょう》」説や、「顧問《こもん》の先生を殴《なぐ》った」「先輩《せんぱい》ともめた」などの「不仲」説がまことしやかに飛《と》び交《か》っていた。

鹿沼くん本人が「イッシンジョウノツゴウ」と言《い》い張《は》って、本当のことを言わないものだから、余計《よけい》に噂《うわさ》は尾鰭《おひれ》をつけて大きくなっていった。

でも、それも昨年度の話だ。二年生になると自然とその話題も騒《さわ》がれなくなった。

「まさか、また甲子園《こうしえん》目指すことになるとはな〜」

鹿沼くんがしみじみとつぶやいた。

「俳句甲子園《はいくこうしえん》な。というか、高校まで朋希の興味《きょうみ》がもてばいいけど」

天神くんがどうやって鹿沼くんを「口説いた」のか、音々はすぐに察した。

「ひとを飽《あ》きっぽいやつみたいに言わないでくれる〜」

鹿沼くんが口を尖《とが》らせる。

「あれ、違《ちが》ったっけ？」

「違いますぅ〜。少なくとも三日は続けますぅ〜」

「朋希くん、それを世間では『三日坊主《みっかぼうず》』と呼《よ》ぶのだよ」

「うえっ！　せっかく野球部やめて髪伸《かみの》ばせるようになったのに、坊主はもう無理！」

天神くんと鹿沼くんの息の合ったやりとりに、音々は少し複雑《ふくざつ》な気持ちを抱《いだ》いていた。

クラスの誰《だれ》にも「壁《かべ》」をつくっている印象《いんしょう》のある天神くんだったが、鹿沼くんに対しては、その「壁」が少し低い、あるいは薄《うす》いような気がした。

コミュニケーション強者と言える鹿沼くんが俳句部に入ったら、「コミュ障《しょう》」の自分など、存在感《そんざいかん》がなくなってしまうのではないかと心配になった。

「松尾《まつお》さん、これで人数の問題はクリアだね」

天神くんの笑顔《えがお》にハッとする。そうだった。そもそもは音々が「俳句甲子園」をやってみたいと言ったから。「先鋒戦《せんぽうせん》・中堅戦《ちゅうけんせん》・大将戦《たいしょうせん》」をやるには少なくとも三人が必要だ。そのために天神くんは、現在《げんざい》部活に入っていない鹿沼くんに声をかけてくれたのだ。

それなのに、鹿沼くんの加入を嫌《いや》がるなんて。自分の心の狭《せま》さが嫌になる音々。

「んで、俳句甲子園って何すんの？」

鹿沼くんの質問《しつもん》に、「昨日、電話で説明したろ」と呆《あき》れ顔《がお》の天神くん。

「俳句《はいく》でね、対決するの。チームでね」

天神くんに二回も同じ話をさせるのはしのびないと、音々は説明役を買って出た。

鹿沼くんが目を見開いている。しまった。つい、いつもみたいに話してしまった。教室では滅多《めった》に発言しない音々だ。その音々が急に「五・七・五」のリズムで喋《しゃべ》りだしたのだ。鹿沼くんが驚《おどろ》くのも無理はない。

「松尾って、そんな声してんのな？　超《ちょう》いい声！」

「そっち？」と音々は拍子《ひょうし》抜《ぬ》けしてしまう。

「だろ？　松尾さんの声はわが俳句部《はいくぶ》の宝《たから》だからさ」

天神くんがまるで自分のことのように自慢《じまん》している。

「なんでお前が偉《えら》そうなんだよ」

鹿沼くんのツッコミ。いつもと立場が逆《ぎゃく》だ。音々の目にはそれが新鮮《しんせん》に映《うつ》る。鹿沼くんも同じ印象《いんしょう》を受けたようだ。

「なんか、至、松尾といるときは雰囲気《ふんいき》違《ちが》くない？」

「え、そう？」

自覚のなかった天神くんが、「そうなの？」とでも言わんばかりの視線《しせん》で音々のほうを見た。そんな目で見られても困《こま》る、と音々はすぐに目を逸《そ》らす。

「ふ〜ん」

何かに気づいたような顔で鹿沼くんが音々と天神くんを交互《こうご》に見つめる。

「秋深き　ふたりは何を　する人ぞ？」

鹿沼くんの口から突然《とつぜん》十七音が飛び出してきて、音々も天神くんもぎょっとする。

「朋希、それ……」

「おお、いいだろ？　なんかお前ら見てたらふっと思いついたんだ」

「いや、ほぼほぼパクリだから、それ」

「ええ⁉」

目を丸くしている鹿沼くんに、天神くんが「秋深き　隣《となり》は何を　する人ぞ」は、松尾芭《まつおば》蕉《しょう》の作品だと解説《かいせつ》する。

「嘘《うそ》だろ。めちゃくちゃいいのが降《お》りてきたと思ったのに」

天井《てんじょう》を仰《あお》ぐように両手を挙げる鹿沼くん。

「どこかで聞いたことがあるのが、頭の片隅《かたすみ》に残ってたんだろうな」

天神くんが冷静に分析《ぶんせき》している。

「俳句《はいく》の難《むずか》しさはこういうとこにもあるんだよ」

たった十七音しかない詩。何百年も続く歴史《れきし》。誰《だれ》かとかぶらないほうが難しいし、時代を越《こ》えてきた名作を超《こ》えるのはもっと難しい。

「だから、変に格好《かっこう》つけなくていいんだ。自分らしく、いまを全力で表現《ひょうげん》すればいいんだよ」

「難しい」と言ってしまって鹿沼くんのやる気を削《そ》がないように、天神くんがフォローを入れる。うまいものだ。

音々はふと「自分らしく」とはどういうことだろうと思ってしまった。

教室ではほとんど言葉を発しない自分。

小学生のころは、不登校児だった自分。

つい最近も学校に来るのを嫌《いや》がっていた自分。

ひとからの意見がすごく気になってしまう自分。

天神くんと俳句《はいく》に出会って変わりつつある自分。

どう変わればいいのかまだ答えが見えない自分。

「自分、自分、自分」と自分の中で自問自答する音々。頭が痛《いた》くなりそうだった。

「大丈夫《だいじょうぶ》？」

いつものように優《やさ》しく心配してくれる天神くん。

「ちょっとだけ『自分らしさ』に溺《おぼ》れてた」

音々は正直に答えた。いや、本当は「ちょっとだけ」ではなかったけれど。

「そうだね。自分らしさってなんだろうね」

天神くんがふっと音々から目線を外して、窓《まど》の外を見つめた。その横顔は前に見たことがあった。想像《そうぞう》の中の天神くん。虹《にじ》の先、水平線の向こうを見つめる横顔が思い出される。

「至のらしさは……」

勢《いきお》い込《こ》んでビシッと言い当てようとした鹿沼くんだったが、意外にも言葉に詰《つ》まってしまっていた。

「あれ？　なんだろうな。優等生《ゆうとうせい》ってのもなんかちげーし。モテ男ってのも、そうだけど、それだけじゃねーし。いろいろ有段者《ゆうだんしゃ》ってのも『らしさ』とは言わねーよな？」

それだけ天神くんの「特長」がたくさんあるということだ。

「どれも、『コレ！』って感じじゃないってことだよね」

天神くんは少し寂《さび》しそうな、それでいて、どこかほっとしているような複雑《ふくざつ》な笑《え》みを浮《う》かべて言った。

「俺《おれ》の『らしさ』は一発だけどな」

鹿沼くんが胸《むね》を張《は》って、その胸に自分の親指を突《つ》き立《た》てる。

「声がでかいとこだろ？」

「そうそう、一キロ離《はな》れてたって『うるさい』って言われちゃう、ってこら！」

ノリツッコミというやつだ。「生」で見るのは初めての経験《けいけん》だった。

「ははっ。朋希の声量もきっとわが部の新しい武器《ぶき》になるよ」

天神くんが嬉《うれ》しそうに鹿沼くんの肩《かた》を叩《たた》く。鹿沼くんもまんざらでもない顔だ。

聞けばふたりは、小学校にあがる前からの仲らしい。いわゆる幼馴染《おさななじみ》。天神くんの接《せっ》し方《かた》が他のクラスメートと少し違《ちが》うのもうなずけた。

キーンコーンカーンコーン
チャイムが鳴った。HR《ホームルーム》がはじまる合図だ。天神くんと鹿沼くんはささっと自席に戻《もど》っていった。音々も静かに席につく。

先生が入ってきて、「おはよう」の挨拶《あいさつ》。それに続くカタチで「文化祭の準備《じゅんび》、進んでるか〜？」と天神くんのほうを見ながら言った。

そう。音々が休んでいる間に、文化祭は目前に迫《せま》ってきていたのだ。


「あら、今日も至ちゃんは実行委員会？」

部室に入ってくるなり、小林《こばやし》先生が残念そうにこぼした。

「困《こま》るのよね〜、俳句部《はいくぶ》のエースをこんなに拘束《こうそく》されちゃ〜」

おっしゃるとおり、と音々も思った。

「仕方ねえんじゃね？　生徒会長じきじきのご指名だし」

そうなのだ。現生徒会長《げん》は、天神くんが大のお気に入り。天神くんが何度断《ことわ》っても「次期生徒会長に」と熱くすすめてくるらしい。その熱意を断り続けた結果、せめて文化祭実行委員くらいは、とやらされる羽目になってしまったのだ。

「せっかく、『俳句試合《はいくじあい》』の対戦相手も決まったっていうのに〜」

小林先生が嘆《なげ》く。文化祭で俳句部がやる催《もよお》しは「俳句試合」と名付けられた。本家の「俳句甲子園」の名前をそのまま使うのはちょっと、という遠慮《えんりょ》と、「いつかあなたたちは本物のほうに行くでしょ」という小林先生の配慮からだ。

「お！　こんな思いつきみたいな企画《きかく》に乗ってくれる学校があったのかよ。ウケるわ〜」

「ウケないわよ。大変だったんだから。一校、一校、メールして、電話して、頭下げて」

ここ最近、小林先生も忙《いそが》しそうにしていた。頭が下がるのは音々たちのほうだ。

「すみません。私《わたし》、なんにもできなくて」

「いや、おいおい。そこで松尾が謝《あやま》ったら、俺《おれ》だけ悪者みたいじゃん！」

「みたい、じゃなくて、悪者でしょ。いまの態度《たいど》は、明らかに」

先生が、鹿沼くんのおでこを指で突《つつ》いた。

「音々ちゃんはこれから活躍《かつやく》するからいいのよ。ちゃんと練習してるんでしょ？」

そうだった。音々にもするべきことはあった。

「少しずつ、『音《おん》』を増《ふ》やしていってます。ディベート勝負、負けたくないし」

「お！　松尾がこんなに喋《しゃべ》んの初めて聞いたかも」

鹿沼くんの「お！」が大声すぎて、音々はびくりとする。いまだに、すぐそばで聞く鹿沼くんの声のボリュームには慣《な》れないが、「うるさい」とは思わなくなっていた。

「いいリズムね～。でも音々ちゃん、短歌に浮気《うわき》しないでよ～」

そうなのだ。音々が言葉を口にするリズムは「五・七・五」から「五・七・五・七・七」に増えていた。俳句《はいく》や川柳《せんりゅう》の十七音から、短歌の三十一音。短歌もいつか勉強してみたい。けど、いまは俳句が面白《おもしろ》くて仕方ない。偽《いつわ》らざる音々の本音だった。


『秋の空　女心の　真似《まね》をする』


音々はすっと頭に浮《う》かんだ句を披露《ひろう》する。

「あら！　『浮気』にかけて詠《よ》んだのね。音々ちゃんの俳句瞬発力《しゅんぱつりょく》、どんどん鍛《きた》えられていってるわね～」

小林先生が感心してくれる。

「でも、ちょっと中学生らしくはないわね～」

先生が笑顔《えがお》で苦言。確《たし》かに、「女心」の何がわかるのか、と聞かれれば、音々は言葉に詰《つ》まってしまうに違《ちが》いない。

『秋の空　古典数学　上の空』

鹿沼くんも同じ季語で一句《いっく》。同じ部になって初めて知ったが、鹿沼くんは意外に負《ま》けず嫌《ぎら》いらしい。同じほぼ初心者同士《どうし》ではあるが、少し先にはじめた音々に対抗意識《たいこういしき》を燃《も》やしているのがわかる。

「朋《とも》ちゃんが上の空なのは、古典数学だけじゃないでしょ。職員室《しょくいんしつ》でも先生方が心配してたわよ」

「赤点はとってねーよ？」

「ギリギリなのよ！」

「セーフ！」

鹿沼くんが両腕《りょううで》を水平に広げ、爆笑《ばくしょう》している。小林先生も釣《つ》られて笑ってしまっている。部室が笑いに包まれる。なのに、音々は少し寂《さび》しかった。理由はわかっている。天神くんがいないからだ。

「そういやコバセン、至って転校すんの？」

鹿沼くんは小林先生のことを「コバセン」と呼《よ》ぶ。小林先生はその呼び方を気に入っていないにもかかわらず、だ。いや、いまはそんなことはどうでもいい。音々の心臓《しんぞう》は、「至が転校」というワードに、激《はげ》しく動揺《どうよう》していた。

どういうこと、と聞きたいが、言葉が出てこない。

「至ちゃんが言ってたの？」

小林先生は質問《しつもん》に質問で返した。先生がすぐに否定《ひてい》しないことが、逆《ぎゃく》に音々には気になった。

「いや、この間さ、『このへんに全寮制《ぜんりょうせい》の中学ってあるのかな？』って聞いてきたから。ガチで野球やってるやつって、遠くの強豪校《きょうごうこう》入るために家を出るケースとかもあるし、それで俺《おれ》に聞いてきたんだと思うけど」

天神くん自身が全寮制《ぜんりょうせい》の中学への転校を考えているということだろうか。ネットで調べず鹿沼くんに聞いているというところに、音々は少し違和感《いわかん》を覚えた。

「朋ちゃんはなんて答えたの？」

「知らねって。でも、このへんじゃ聞いたことないなって」

その回答に、天神くんは「ありがと」と短く返し、それ以降《いこう》、その話題には触《ふ》れなかったそうだ。

「この前テレビの特集で、俳句《はいく》を極《きわ》めるために親元を離《はな》れた子を追っかけてたから、それ観《み》て興味湧《きょうみわ》いちゃったのかもね」

小林先生から、このことについてあまり話題にしたくないような気配を感じた。本当にそれだけだろうか、と音々は心配になる。同時に、心配しても仕方ないし、小林先生の言うとおり、ただの興味本位であってほしいと思っている自分もいた。

「さ、そんなことより……」

全然「そんなこと」ではない話だったが、小林先生を制止《せいし》してまで話題を戻《もど》す勇気が音々にはなかった。

「対戦相手の学校のこと、まだ言ってなかったでしょ」

そういえば。この三人だとどうしても話があっちにいったり、こっちにいったりしてしまう。まとめ役の天神くんがいないせいだ。

「北中《きたちゅう》文芸部がお相手してくれることになりました！」

「パチパチパチ〜」と小林先生は、口でも発しながら手を叩《たた》いた。

「北中か〜。あそこの野球部強《つえ》えんだよなー。俳句《はいく》も強えのかな？」

「どうかしら。ワタシも普段《ふだん》は交流のない学校だから。でも、文芸部自体は歴史《れきし》があるみたいだし、その中で俳句チームが独立《どくりつ》して活動してるらしいから、強敵《きょうてき》かもね〜」

鹿沼くんと小林先生の会話が音々の頭に入ってこない。「北中」という言葉に、心臓《しんぞう》をぎゅっと摑《つか》まれたままだ。

「あら、音々ちゃん、どうしたの？　青い顔して」

音々はなんでもない、と首を横に振《ふ》る。そうだ、なんでもない、はず。北中は、音々が引《ひ》っ越《こ》さなければ通っていたはずの中学だ。もしかすると「あの子」も通っているかもしれない。でも、通っていないかもしれないし、そもそも「あの子」が文芸部に入っているとは限《かぎ》らない。

それなのに、心臓の鼓動《こどう》が速くなる。首元にじっとりと嫌《いや》な汗《あせ》が浮《う》き出《で》てくる。

「おい、松尾、ビビってんのか～？」

いつもながら空気を読まない鹿沼くん。音々は言い返せない。代わりムッとした表情《ひょうじょう》で鹿沼くんを見た。

「ひひひ。いいじゃん、その顔。青い顔より、よっぽどいいぜ。本番もそのくらい強気でいけよな。試合ってのは気持ちで負けてる時点でマイナスタートだからな」

元野球部期待の新人のセリフだと思うと説得力《せっとくりょく》がある。幼《おさな》いころから「試合」というものを何度も経験《けいけん》してきた人間の実体験からくる言葉だ。

「もしかして、励《はげ》ましてたの？　いまのやつ」

汗《あせ》はひいた。心臓《しんぞう》も正常《せいじょう》運転だ。鹿沼くんのおかげだと思いつつ、素直《すなお》に「ありがとう」とは言えなかった。

「緊張《きんちょう》の理由ってひとそれぞれだからな～」

鹿沼くんは頭の後ろで手を組んで、窓《まど》の外を見ながら言った。ちょうどグラウンドでは野球部がノックを受けている。

「俺《おれ》さ～、一年のはじめから試合出ててさ～」

鹿沼くんが何やら語り出した。小林先生は黙《だま》ってパイプ椅子《いす》に腰《こし》を下ろした。「聞く姿《し》勢《せい》」をとったのだと気づく。

音々の中学の野球部はそこまで強豪《きょうごう》というわけではないらしいが、それでも一年生から三年生まで合わせたら四十人近くいる部だ。入学してすぐの一年生が試合に出られるというのはすごいことなのだろうと音々は思った。

「それで、調子に乗ってたのかもしんねえな〜」

鹿沼くんはすっかり身体《からだ》ごと窓《まど》のほうを向いている。音々たちは、鹿沼くんの背中《せなか》を見ながら話の続きを待った。

「三年の先輩《せんぱい》たちの最後の試合で、とんでもない悪送球しちゃってさ」

悪送球ってなんだろう。野球に詳《くわ》しくない音々は「悪送球」がどんなものかすぐには浮《う》かばない。「悪」がつくくらいだからいいことではないのだろう、くらいの理解《りかい》だ。

「結局、それが相手の決勝点につながっちゃって、うちはそこで敗退《はいたい》。先輩たちも引退」

「韻《いん》」を踏《ふ》んだのだろうか。ふざけている声ではない。たまたまかもしれない、と音々は思った。

「それがショックだったんかな〜。次の試合からうまく投げられなくなっちゃって。練習じゃ全然平気なのによ？」

鹿沼くんの声は明るいままだったけど、音々には少しつらそうにも聞こえた。

「頭じゃわかってんだけどな〜。なんでだろうな〜」

そう言って、鹿沼くんは振《ふ》りかぶったあと、ビュンと右腕《みぎうで》を回した。その手の中にボールはなかったけど、窓《まど》を飛び出して、グラウンドの向こうの端《はし》まで届《とど》いたように音々は感じた。

「イップスってやつらしい」

「イップス」。聞いたことがある。おかあさんの口からだ。

――音々のやつもイップスの一種なんだって。

そのときはよく意味がわからなかった。調べてみようとも思わなかった。

鹿沼くんが周囲《しゅうい》に告《つ》げていた「イッシンジョウノツゴウ」とはこういうことだったのだ。原因《げんいん》は部内での不仲でも、身体《からだ》の故障《こしょう》でもなかった。心の不調だったのだ。

「もういいの？　野球やめたの、未練ない？」

鹿沼くんの背中《せなか》にそっと質問《しつもん》した。その答えはわかっていたのに。

「そりゃあるさ。だって、俺《おれ》、野球しかできねーもん」

鹿沼くんはこちらを向いて言った。いつもの大声じゃない。振《ふ》り絞《しぼ》るような、喉《のど》の奥《おく》からやっと出てきたような、細く苦しそうな声だった。

野球しかない、ことはない。だって、鹿沼くんはクラスでも人気者だ。野球をしてなくても、鹿沼くんには周囲《しゅうい》を惹《ひ》きつける魅力《みりょく》がある。ただ、いまそれを伝えても、慰《なぐさ》めにはならないことに音々は気づいていた。

「でも、俺《おれ》、弱《よえ》えから……」

鹿沼くんは下を向いて「弱えから」ともう一度吐《は》き出《だ》すように繰《く》り返《かえ》した。

「弱くない。鹿沼くんは弱くない」

音々は鹿沼くんの弱さを認《みと》めたくなかった。鹿沼くんと自分を重ね合わせてしまったからかもしれない。

自分がコミュ障《しょう》になったのは誰《だれ》のせいなのか。

「あの子」のせいだと思いたかったし、そう思うようにしていた。

本当にそうなのかと思う自分もいる。自分が弱かったからじゃないかと。

「弱くない。けど、弱くても悪くない」

それは、音々が自分自身に言い聞かせた言葉でもあった。しばし部室に沈黙《ちんもく》が流れる。

「強くなければ生きていけない」

ずっと黙《だま》って聞いてくれていた小林先生が、ゆっくりと口を開いた。

「弱肉強食なんていうしね。この世は決して甘《あま》くはないの」

小林先生は音々と鹿沼くんを交互《こうご》に見つめる。「でもね」と続けた。

「優《やさ》しくなければ生きていく資格《しかく》がない」

小林先生も立ち上がって、鹿沼くんの手と、音々の手を握《にぎ》った。

「この世はつらいだけでも決してないわ。ただ生《い》き抜《ぬ》くためだけの人生なんてワタシはまっぴら」

ふたりの手を握る小林先生の手に力と熱がこもるのがわかる。

「優しくなりなさい。そうすれば、きっとあなたたちは強くなれる」

小林先生の目が潤《うる》んでいる。音々はおかあさんが泣くのはよく見てきたが、おとうさんが泣いているのを見たことはなかった。大人の男のひとが泣きそうになっているのを間近で見るのは初めての体験だった。

「俺《おれ》、今日帰ったら、かあちゃんに俳句《はいく》詠《よ》んでやろうかな」

鹿沼くんは小林先生の手が離《はな》れると、すっと窓《まど》のほうに歩《あゆ》み寄《よ》った。

「野球部やめたとき泣かしちゃったからさ」

鹿沼くんのほうが泣きそうな顔をしているように見えたのは音々の気のせいだろうか。

鹿沼くんは新入部員の証《あかし》として、秋の『俳句歳時記《はいくさいじき》』をもらったばかり。きっとその中から季語を選んで、おかあさんに俳句をプレゼントすることだろう。

音々も今日帰ったらおかあさんに同じことをしようかな、と思った。いつも「五・七・五」で話しているけれど、同じ十七音でも俳句を詠《よ》んであげたことはなかった。

音々は自分の鞄《かばん》から『俳句歳時記』を取り出した。表紙には【秋】の一文字。先日、お小遣《こづか》いで買ったものだ。我《われ》ながらいっぱしの俳句部員になったものだ、と音々は自画自賛《じがじさん》して、歳時記を開く。

【秋鰺《あきあじ》】【秋鰹《あきかつお》】【秋鯖《あきさば》】

おいしそうな季語が並《なら》ぶ。松尾家では、肉より魚が食卓《しょくたく》に並ぶことが多い。おかあさん曰《いわ》く「お魚のほうが健康にいいからね」らしい。おかあさんが家族のことを、特に音々のことを一生懸命《いっしょうけんめい》すぎるほどに考えていることを、音々はわかっていた。ときにはちゃんと感謝《かんしゃ》を示《しめ》さないと。

いくつかの俳句を考え、ノートに書き留《か と》める。「誰《だれ》かのために」句を考えるなんて初めてかもしれない。音々はちょっぴり照れ臭《て くさ》くなって、歳時記とノートをぱたんぱたんと順番に閉《と》じた。時計を見るといい時間だ。

その日、結局天神くんは部室に現《あらわ》れなかった。


いよいよ文化祭当日がやってきてしまった。

「音々の雄姿《ゆうし》を見たい」と言ってきかないおかあさんとおとうさんを必死に止めて家を出てきた。ただでさえ「俳句試合《はいくじあい》」を前に緊張《きんちょう》しているのに、両親に見られながら、なんて余計《よけい》なドキドキ要素《ようそ》を足したくない。

それでも帰ったら、今日詠《よ》んだ句を、家でも披露《ひろう》してあげようかなと音々は思っていた。この前、初めて詠んだ感謝《かんしゃ》の句。想像《そうぞう》どおり、いや、想像以上におかあさんは泣いて喜《よろこ》んでくれた。あまりにずっと泣いているものだから、途中《とちゅう》で帰ってきたおとうさんが何事かと慌《あわ》てふためいて、家の中がいっとき「カオス」になったのを思い出す。

――音々の俳句には、色も匂《にお》いもあるのね。

やっと泣き止《な》《や》んだおかあさんが最初に発した感想だった。

あえて「色なき風」という季語を選んだにもかかわらず、おかあさんは、そこにオレンジ色の秋の夕暮《ゆうぐ》れや、すすき野原の少し香《こう》ばしい匂いを感じたという。

おかあさんが絵本を読んでくれたときも色や匂《にお》いを感じていたことを伝えると、おかあさんはまた泣きだしてしまって大変だった。

おかあさんから受《う》け継《つ》いだこの声と感覚。小林先生は「武器《ぶき》になる」と言ってくれた。緊張《きんちょう》が少しほぐれる。代わりに勇気が湧《わ》いてくる。音々はしっかりとした足取りで「俳句《はいく》試合《じあい》」の会場に向かった。

そこは「コ」の字形の校舎《こうしゃ》に囲《かこ》まれた中庭。午前中はここでディベート大会が行われていた。

——ディベート用の設営《せつえい》と撤収《てっしゅう》を請《う》け負《お》うって条件《じょうけん》で、ここを使わせてもらえることになったの。

そう小林先生が交渉《こうしょう》の結果を教えてくれた。音々はそこまでしなくてもいいのに、と少し思っていた。この中庭は、校舎の窓《まど》からよく見える場所にある。「俳句試合」がそこまで注目を集めるとも思えなかったが、みんなに見られながら俳句を詠《よ》む自分の姿《すがた》を想像《そうぞう》するだけで、足が震《ふる》えてきた。

ただ、それも前日までの話。いまは震えもおさまっている。

「お昼ちゃんと食べれた？」

会場に着くと天神くんが音々にそうたずねてきた。クレープとか焼きそばとか、三年生の先輩《せんぱい》たちが模擬店《もぎてん》を出していたが、音々は普通《ふつう》におかあさん手作りのお弁当《べんとう》を食べた。海苔《のり》で【ＦＩＧＨＴ《ファイト》！】と書いてあった。まるで運動部の子のお弁当だと音々は思いながら、しっかり完食した。

「ファイトって、ほんとに元気出るんだね」

これまで「応援《おうえん》」なんてされたことがなかった音々には新鮮《しんせん》だった。いや、おかあさんもおとうさんも音々に変なプレッシャーをかけないように「がんばれ」とか「できるぞ」とかわざと言わないようにしていたのかな。

この【ＦＩＧＨＴ！】はおかあさんにとっても初めての「応援」だったのかもしれない。そう思うと、あっさり食べてしまったことがもったいなく感じてきた。もっと噛《か》み締《し》めればよかった。

「対戦相手の北中はまだかよ～」

いち早く、長机《ながづくえ》の前に並《なら》べたパイプ椅子《いす》に座《すわ》っていた鹿沼くんが、待ちくたびれた声を出した。

「向こうも文化祭らしくて、抜《ぬ》けてくるのにちょっと手間取ってるらしいよ」

天神くんが小林先生からの情報《じょうほう》を伝える。

三人で並《なら》んで椅子《いす》に座《すわ》る。天神くん、鹿沼くん、音々の順番。先鋒《せんぽう》、中堅《ちゅうけん》、大将《たいしょう》は先生が決めた。音々たちで決めたら絶対《ぜったい》に「先鋒松尾、中堅天神、大将鹿沼」になるからだ、と。案の定、中堅にさせられた鹿沼くんは不服そうにしていた。

音々はといえば、鹿沼くん以上に小林先生の決定に不服を漏《も》らしていた。

——ありえない！　大将なんて無理ですよ。

音々は小林先生に考え直すよう懇願《こんがん》したが、先生は「ドヤ顔」で胸《むね》を張《は》っている。

——いちばん実力のある至ちゃんでまず先制《せんせい》パンチ。勢《いきお》いにのりやすい性格《せいかく》の朋ちゃんがそのまま二勝目。勝ちが決まった状態《じょうたい》で緊張《きんちょう》しいの大将、音々ちゃん。完璧《かんぺき》な布陣《ふじん》でしょ。

そう言われると言い返せない。緊張しやすいのは事実だし、ふたりが先に勝ってくれればプレッシャーが減《へ》るのも確《たし》かだ。

しぶしぶ引き受けたものの、どこか先生に言いくるめられた感が否《いな》めない音々。

「そういや、至。転校の話どうなった？」

待ちくたびれすぎたのか、音々があれから聞くに聞けなかった話題を、鹿沼くんが突如《とつじょ》切り出した。

「転校？　なんの話？」

天神くんはそう答えたが、その顔にいつものスマイルはなかった。

「全寮制《ぜんりょうせい》の中学ないかって聞いてきたろ？」

「ああ、あれね。寮はもういいんだ」

「寮は」の「は」が音々には気になった。十七音を一音一音とても大切にしている天神くんは「てにをは」だって大事に扱《あつか》う。決して無意味な使い方をしないことを音々は知っていた。

「じゃあ、転校もしねーの？」

鹿沼くんのほうを向いていたはずの天神くんと視線《しせん》が合う。

「う～ん、内緒《ないしょ》」

天神くんは音々の目を見て言っているような気がした。

「なんだよ、それ。気になんだろ！」

「この試合に勝ったら教えてあげるよ」

これも鹿沼くんにじゃなくて、音々に言っているような気がした。自意識過剰《じいしきかじょう》だ。そう思いながらも、天神くんの目が音々を捉《とら》えて離《はな》さない。

「お待たせ～」

そのとき、中庭の出入り口から小林先生がやってきた。後ろにセーラー服姿《ふくすがた》の女子が三人続く。北中の生徒だろう。

「こんにちは！　北中文芸部チームHリーダーの種田《たねだ》です。本日はよろしくお願いします」

小林先生の背後《はいご》からすっと歩み出て、ショートカットの女子生徒が挨拶《あいさつ》をした。ハキハキと元気よく。

「チームエイチ？」

こちらのリーダーである天神くんが挨拶を返す前に、鹿沼くんがそう質問《しつもん》をぶつける。

「HAIKUの『H』です。短歌は『チームT』。他にも漫画《まんが》の『チームM』やアニメの『チームA』など、七つのチームに分かれて普段《ふだん》は活動してるんです」

種田さんがよどみなくスラスラと鹿沼くんの質問に答えていく。その声や喋《しゃべ》り方《かた》に音々は覚えがあった。ドクンと心臓《しんぞう》が嫌《いや》な音を立てる。

「こら、朋希。まずは挨拶だろ」

前に出ていた鹿沼くんをさがらせて、天神くんが挨拶《あいさつ》を返す。爽《さわ》やかに、歌うように。

「うっわ。超《ちょう》イケメ〜ン」

直後、種田さんが口に手を当てながらつぶやいた。

「あ、ごめんなさい！　わたし、思ったことがすぐ口に出ちゃうタイプで」

悪びれるでもなく種田さんが舌《した》を出す。割《わ》って入《はい》ったのは小林先生だ。

「はいはいは〜い。双方《そうほう》挨拶が終わったら、早速《さっそく》はじめましょ。北中のみなさんはステージ、上手《かみて》のほうね」

ステージに向かって右側の長机《ながづくえ》を指差して小林先生が誘導《ゆうどう》する。先生自身はその後、ステージ中央に。そこには「マイク」と「アンプ」が置いてある。司会用だと小林先生は言っていたが、教室の半分もないステージは肉声でも十分聞こえる気がしていた。

「あー、あー、テス、テス。ただいまマイクのテスト中」

マイクの電源《でんげん》をオンにして、小林先生が話しだした。ひとしきり音が出るのを確認《かくにん》すると、大きく深呼吸《しんこきゅう》をしている。一体、何がしたいんだろうと、音々は首をかしげる。

「ハローエブリワン！　ただいまから、本日のメーンイベント『俳句試合《はいくじあい》』を開催《かいさい》いたしま〜す！」

いつからこの催《もよお》しが文化祭のメインになったのだ。ノリノリで叫《さけ》ぶ小林先生の声が、校《こう》舎《しゃ》に反響《はんきょう》して、ワンワンワンと中庭の空気を震《ふる》わせている。

なんだなんだとばかりに、校舎の窓《まど》から生徒たちの顔が現《あらわ》れた。なんてことだ。単なる部活の一活動としてひっそり「内輪」で楽しもうと思っていたイベントが、一気に注目を集めだした。音々の緊張《きんちょう》も一気にマックスへ近づいていく。

「おお、いいね～」

目立ちたがり屋の鹿沼くんはテンションをあげていく。

「部員集めのいいきっかけになるかもね」

天神くんもまんざらでもない顔だ。これだからクラスの中心人物は、と音々はひとりうなだれてしまっていた。

俳句《はいく》になど普段《ふだん》はまったく興味《きょうみ》がない生徒たちでも、それが「試合」形式で、なおかつ「他校」との、となると気になるものらしい。運動部の試合に観客が集まるわけが音々にも少しわかった。

「審査員《しんさいん》の方々にも入ってもらいましょう」

小林先生が呼《よ》び込《こ》むと、先生たちが中庭に入ってきた。見たことのないひとがいる。おそらく公正を期すために北中の先生も呼《よ》んでいるのだろう。全部で三人。内、ひとりは文芸部顧問《こもん》の笹原《ささはら》先生。もうひとりは音々たちの学校の校長先生だ。

「私《わたし》は学校関係なく、公平に面白《おもしろ》いと思ったほうを評価《ひょうか》しますから」

審査員席《しんさいんせき》に座《すわ》るなり校長先生はそう宣言《せんげん》した。おそらく本心だろう。「迷《まよ》ったら面白いほうへ」がモットーの校長先生は、ここでもまったくブレていない。

「さあ、それでは早速先鋒戦《さっそくせんぽうせん》からはじめていきましょう！　北中のみなさん、順番は決めてありますか？」

チームＨの三人が「もちろん」と言わんばかりに大きく首を縦《たて》に振《ふ》った。

「兼題《けんだい》の季語は事前に両チームに伝えてあります」

小林先生が、審査員やギャラリーに向かって説明する。

【文化《ぶんか》の日《ひ》】

ステージ中央の「演目台《えんもくだい》」をめくると、先鋒戦の季語が現《あらわ》れた。先攻《せんこう》は北中。音々の対角線上に座る女子が立ち上がる。すらりとした長身のメガネ女子だ。あらかじめ書いてあった自身の句《く》を机《つくえ》の前に貼《は》り出《だ》す。

『文化の日　ローファーなのに　駆《か》けてみた』


続けてもう一度。二回詠《よ》みあげるのは句会《くかい》もこの試合も同じだ。

音々の耳に、ザッザッと乾《かわ》いた土を踏《ふ》み締《し》める音が聞こえる。徐々《じょじょ》にその音が速くなる。決して走るのが上手なひとの足音ではない。不器用に、不格好《ぶかっこう》に、無意味に、ただ、走りたくなったから走ってみたという衝動的《しょうどうてき》なものを音々は感じた。

同時に、ふっと汗《あせ》の匂《にお》い。制服《せいふく》のジャケットを着たまま走ったせいか、首元ににじんだ汗が、シャツを洗《あら》った柔軟剤《じゅうなんざい》の匂いと混《ま》じって鼻をくすぐる。

「ほお、一発目でなかなか『アオハル』な句が出てきましたね〜。これは質疑《しつぎ》が楽しみです」

司会の小林先生は、いつもの喋《しゃべ》り方《かた》を抑《おさ》えている。校長先生たちがいるからだろうか。

「さ、続いて後攻《こうこう》、天神至くんお願いします！」


『分化する　僕《ぼく》の血と肉　文化の日』

起立して句《く》を貼《は》り出《だ》し、同じく二回繰《く》り返《かえ》す天神くん。その天神くんの目の前に向かい合うようにして立つもうひとりの天神くん。ふたり目の天神くんと目が合う。その瞳《ひとみ》の奥《おく》には深い闇《やみ》があった。

怖《こわ》くなって目を逸《そ》らすと、「じゃあね」と聞こえる。ふたり目の天神くんが手を振《ふ》って「バイバイ」したかと思うと、ふっと宙《ちゅう》に浮《う》かんで消えてしまった。

なんだろう。なぜこんなイメージが浮かんでしまったのだろうか。音々にもよくわからなかった。ただ、とても寂《さび》しい気持ちが音々の心に残った。文化「祭」に詠《よ》むような明るい句でないことだけは確《たし》かだった。

「これは文学的な句が出てきましたね～。対照的な両者。さて、審査員《しんさいん》の目にはどう映《うつ》ったことでしょう？」

小林先生の完璧《かんぺき》な司会進行。天神くんからちょっと怖い句が出たにもかかわらず、会場は盛《も》り上《あ》がっていた。

「それでは、質疑応答《しつぎおうとう》に移《うつ》りましょう」

この質疑応答と言われるディベートパートこそが、通常《つうじょう》の句会と異《こと》なる「俳句甲子園」ならではのものだ。相手の句への理解《りかい》と質問、それに対しての解説と反論《はんろん》。そのプロセス自体も審査対象《しんさたいしょう》であり、「鑑賞力《かんしょうりょく》」が試《ため》されている。

「はーい!」

鹿沼くんがマイクいらずの大声とともに手を挙げる。質疑応答《しつぎおうとう》はチーム戦。句《く》を詠《よ》んだ当人同士《とうにんどうし》の一騎打《いっきう》ちではなく、チーム一丸となって戦うのだ。

「はい、白チーム、どうぞ」

ちなみに音々たちは白。北中は赤だ。審査員は赤と白の旗を持っていて、最終的にその旗が挙がった数で勝敗が決まる。

「ローファーって何?」

集まっていた生徒たちから「そこかよ!」と一斉《いっせい》にツッコミが入る。審査員の先生たちは苦笑《くしょう》している。

「革靴《かわぐつ》のことだよ。うちの学校の指定もそれだろ」

天神くんが小声で鹿沼くんに説明している。こんなやりとりをしていては、とても「鑑賞力」が高いとは思われないだろう。初《しょ》っ端《ぱな》からやってくれたな、と音々は肘《ひじ》で鹿沼くんの脇《わき》を小突《こづ》いた。

「なんだよ?」

鹿沼くんが不思議そうにこちらを見る。失態《しったい》自体に気づいていないようだ。音々はため息をつく。すかさず天神くんが手を挙げて、鹿沼くんの挽回《ばんかい》に出る。

「この句《く》は『文化の日』という一見、文化的な活動を推奨《すいしょう》するような日に、あえて『運動』をしてみたという天邪鬼《あまのじゃく》な思春期らしい気持ちが込《こ》められているように感じたのですがいかがでしょう？」

スラスラと歌うように質問《しつもん》を投げかける天神くん。まだ終わりではない。

「かつ、『ローファー』というアイテムが、この句の主人公が普段《ふだん》はスニーカーを履《は》かない、つまり、運動をあまりするタイプではないことを表現《ひょうげん》し、そこが逆《ぎゃく》に『文化の日』との親和性《しんわせい》を演出《えんしゅつ》しているように思いました」

「親和性」という難《むずか》しい言葉がすっと出てくるところが天神くんのすごいところだ。北中の三人は、ポカンとしている。

「そこまで考えてた、未羽《みわ》？」

「え？　うん。も、もちろん！」

向こうの三人が何やらごにょごにょやっている。これでさっきの鹿沼くんの件《けん》が「ちゃら」になるといいのだけれど、と音々は思った。

その後、いくつかのやりとりがあってから、今度は赤チーム北中からの質疑《しつぎ》タイム。

「『文化』と『分化』の音をかけたところは一瞬安易《いっしゅんあんい》かなとも思いましたが、分けたものが『血』と『肉』という難解《なんかい》さとのバランスをとっていたように感じました」

真ん中に座《すわ》るボブカットの女子が発言する。

「ただ、あえて三音も使って『僕《ぼく》の』と主語を明らかにする必要があったのかは疑問です」

敵《てき》チームながら、ボブカットの女子に音々は同意だった。天神くんらしくない自己主《じこしゅ》張《ちょう》。チームとしては何か反論《はんろん》しないといけないのに、音々の手は挙がらなかった。

「赤、赤、白。先鋒戦《せんぽうせん》は赤チームの勝利！」

二対一で音々たちの負け。「ちっくしょー」と叫《さけ》ぶ鹿沼くんに対して、句《く》を考えた天神くんはホッとした顔をしている。まるで負けることを望んでいたかのような。

【毒茸《どくたけ》】

演目台《えんもくだい》がめくられ中堅戦《ちゅうけんせん》の兼題《けんだい》が発表される。会場内からは「毒茸って毒きのこのこと？」と驚《おどろ》きの声があがっている。音々だってこの季語がお題として出されたときは面食らった。なぜ普通《ふつう》に「きのこ」じゃなくて「毒茸」なのだろうか。お題が変化球すぎると思っていた。

——俺《おれ》、変化球打つの得意《とくい》だったんだよね。

このお題を担当《たんとう》する鹿沼くんは、やる気満々だったけど。


『毒茸《どくたけ》を　喰《く》らった結果　ここにあり』


立ち上がった鹿沼くんが胸《むね》を張《は》り、大声で句《く》を詠《よ》んだ。いや、五・七・五で高らかに「宣言《せんげん》」したというほうがしっくりくる。それくらい自信満々な声だった。

「ほら、二回詠むのよ」

小林先生に小声で促《うなが》されて、もう一度大声で詠んだあと、鹿沼くんはすっと席についた。直後、観戦していた生徒たちからドッと笑いが起きた。

「確《たし》かに～」

「笑い茸かよ！」

「いや、脳《のう》がしびれてんのよ、あいつ」

さすが人気者。鹿沼くんは会場の空気をしっかり摑《つか》んでしまっていた。これはアウェイには不利だ、と仲間のくせに陽キャが苦手な音々は相手チームに同情《どうじょう》していた。

『毒茸《どくたけ》も　子茸を産めば　親となる』

ボブカットの女子はその十七音をスラスラと二回繰《く》り返《かえ》した。場慣《ばな》れしている。会場の雰囲気《ふんいき》に飲まれているふうでもない。その強《したた》かな立《た》ち姿《すがた》に一瞬《いっしゅん》音々は見惚《みほ》れてしまっていた。

「どちらも兼題《けんだい》にふさわしい『毒』のある句《く》を詠《よ》んでくれました。さあ、ではまずは赤チームから質疑《しつぎ》をお願いします！」

小林先生の声を合図に、先鋒《せんぽう》だったメガネ女子が挙手をする。

「『喰《く》らった』と表現《ひょうげん》すると、まるで自ら望んで毒きのこを食べたように感じますが、現実的にそんなひとがいるでしょうか？」

鋭《するど》い考察。

「いるだろ？　ここに」

鹿沼くんが当たり前のような顔をして答える。再《ふたた》び会場が笑いに包まれる。

「ちなみに会場のみんなも毒《どく》きのこ、喰《く》らってますから。笑《わら》い茸《たけ》を」

横から天神くんがフォローを入れる。三度目の大爆笑《だいばくしょう》。策士《さくし》だ。まるでここまで含《ふく》めての一句《いっく》だったかのように仕向けた。

赤チームのほうの句は「毒親」とかけたものだったことが質疑応答《しつぎおうとう》で判明《はんめい》した。なるほどと思いつつも、音々は【FIGHT《ファイト》！】弁当《べんとう》を持たせてくれたおかあさんのことを思うと、「毒親」という考え方がすごく哀《かな》しいことのように感じていた。

「白、赤、白。中堅戦《ちゅうけんせん》は白チームの勝利！」

まさかの初心者鹿沼くんが勝利。これで一対一。勝敗は大将戦《たいしょうせん》にもつれこんでしまった。

どこかにいってしまったと思っていた音々の「緊張《きんちょう》」が、猛《もう》スピードでUターンしてきた。

「さあさあ、勝負は大将戦！　兼題《けんだい》はこちら！」

演目台《えんもくだい》がめくられる。

【月】

誰《だれ》もが知る一文字がそこに現《あらわ》れる。

「秋の季語の代表格《だいひょうかく》、いや、『花』や『雪』に並《なら》ぶ季語中の季語！　キングオブ季語と言っても過言《かごん》ではな〜い！　そんなお題で盛《も》り上《あ》がらないわけがな〜い！」

場を盛り上げるためか、自身の司会っぷりに酔《よ》っているのか。小林先生のテンションはいつも以上に高まっていた。そんな先生の「煽《あお》り」がなおさら音々の緊張《きんちょう》を大きくする。

「先攻《せんこう》、赤チーム種田透華《とうか》さん。対する後攻は白チーム松尾音々さん！」

この試合のラスト対決ということで、小林先生が両大将《りょうたいしょう》の紹介《しょうかい》を行った。その瞬間《しゅんかん》のことだった。

「あ――――！」

種田さんが立ち上がって、音々のほうを指差した。

「ねねちゃん!?　ねねねのねねねちゃんなの!?」

音々はサーと血の気が引く音を聞いた。世界が一瞬無音になった直後、耳に「あの子」の声が響《ひび》き渡《わた》る。

――わたし、とうかっていうの。あなたは？

思い出した。「あの子」の名前は「とうか」。心の奥底《おくそこ》に封《ふう》じ込《こ》めようとしてきた思い出が噴《ふ》き出《だ》してきて、具現化《ぐげんか》して、いま、目の前に成長した姿《すがた》で立っている。

戻《もど》ってきた緊張《きんちょう》は再《ふたた》びどこかへいってしまった。いや、緊張だけではない。音々の中にあったあらゆる感情《かんじょう》がどこかへいってしまった気がした。

空っぽになった状態《じょうたい》で、音々はパイプ椅子《いす》に座《すわ》っていた。

再び感覚が戻ったのは、皮肉にも「あの子」の、種田さんの句《く》を聞いたからだった。


『喧嘩《けんか》して　月が綺麗《きれい》と　メールした』


音々の周囲《しゅうい》が突然《とつぜん》夜になった。星は見えない。月だけが明るく輝《かがや》いている。目の前に現《あらわ》れた窓《まど》を開けると、より一層《いっそう》月が大きく、美しく見える。

あの子も同じ月を見ているのだろうか。自分が苦手で嫌《きら》いなあの子も、この月を綺麗だと思っていると想像《そうぞう》するとなんだかとても悔《くや》しくて、切なくなった。

ハッと我《われ》に返ると、種田さんがじっと音々のことを見つめていた。思わず音々は目を逸《そ》らす。

「それでは、続いて白チーム。松尾音々さん、お願いします！」

小林先生に指名され、音々はゆっくりと立ち上がる。声が出ない。音《おん》が出ない。

「ねねねのねねちゃん」

音々が種田さん、当時はとうかちゃんと呼《よ》ばれていた子に、そうあだ名をつけられたのは小学一年生の夏だった。

音々は幼《おさな》いころから「吃音《きつおん》」持《も》ちだった。自分では普通《ふつう》に喋《しゃべ》っているつもりでも、思っていることを口にしようとするとなぜか言葉が口の中で「渋滞《じゅうたい》」してしまうのだ。結果、出てくる言葉の最初の一文字が繰《く》り返《かえ》されたり、うまく出てこなくて間があいてしまったりすることがあった。

音々は両親からその喋り方を指摘《してき》されたことはなかった。おとうさんも、おかあさんも、「うんうん、なあに」と、音々が話し終わるまで、ゆっくりと待ってくれていた。幼稚園《ようちえん》の先生もお友だちも特に何も言わなかった。小学校にあがって、いろんな幼稚園や保育園《ほいくえん》から集まった子たちがいて、その中に、音々の「吃音」を指摘する子が現《あらわ》れたのだ。

それが、とうかちゃん。当時は髪《かみ》をツインテールに結んでいて、大きな目、よく動く口。いつも笑顔《えがお》で元気なとうかちゃんはすぐにクラスの人気者になった。

元々人見知りするタイプだった音々は、すぐにクラスに溶《と》け込《こ》むことができなかった。

運悪く、幼稚園《ようちえん》のときの友だちは他のクラスになってしまっていた。知り合いはいない。友だちがひとりもできないまま夏休みに入ってしまった。少しだけ焦《あせ》りはじめていたころ、たまたま行った校庭開放で音々はとうかちゃんに声をかけられたのだ。

とうかちゃんは、音々の自己紹介《じこしょうかい》を聞いて、すぐさま「ねねねのねねちゃんだね」と嬉《うれ》しそうに手を握《にぎ》ってきた。音々もやっとクラスに友だちができた。しかも、人気者のとうかちゃんと友だちになれたと喜《よろこ》んで、すぐにおかあさんに自慢《じまん》した。

音々がつけられたあだ名を聞いて、おかあさんの顔がさっと曇《くも》った。

――気にしなくていいのよ。

心配そうな顔をしておかあさんは言った。

――音々の喋《しゃべ》り方《かた》は全然変じゃないんだから。

おかあさんの言葉に音々はショックを受けた。

自分の喋り方は普通《ふつう》じゃないのか。おかあさんはそれを知っていていままで何も言わなかったのか。音々の心の中に、幼《おさな》いながら小さな不信感が生まれてしまった。

自分が喋るとおかあさんが心配する。

当時の音々はそう思《おも》い込《こ》んだ。自分が喋ると、友だちから「変」だと思われて、それがおかあさんやおとうさんにバレると「心配」されてしまう。

それは、まだ一年生の音々にとって絶対《ぜったい》にやってはダメなことに思えた。

それからだった。言葉を口にしようとするとうまく出てこなくなったのは。

——ねねちゃん、どうしたの？

とうかちゃんが首をかしげて、音々の顔をのぞきこむ。

——ねねねのねねちゃん？

ころころと笑うようにとうかちゃんがあだ名で音々を呼《よ》ぶ。

——なんで、だまってるの？

「とうかちゃんのせいでしょ！」というセリフが、音々の口の中にはできあがっているのに、その言葉は外に出ていかない。

黙《だま》ってうなずくだけの音々。そんなやりとりが続くうちにとうかちゃんは話しかけてこなくなった。

音々の「言葉」は、「ひきこもった」ままだった。

二年生になるころには、音を繰《く》り返《かえ》したり、間があいたりする、いわゆる「吃音《きつおん》」の症《しょう》状《じょう》はなくなっていたが、今度は言葉自体がまるで外の世界を怖《こわ》がっているかのように口の中から出てきてくれなくなった。

次第《しだい》に、言葉だけでなく、音々自身が外の世界を恐《おそ》れるようになってしまった。

友だちと話すのが怖《こわ》くなった。学校に行きたくなくなった。

近所のひとと話すのが怖くなった。家を出たくなくなった。

おかあさんたちに心配かけたくなかった。部屋から出たくなくなった。

余計《よけい》に心配をかけるのはわかっていたのに。

それが、小学二年生の終わりごろのこと。三年生にあがってからも音々はたまにしか学校に行かなかった。登校しても教室には行かず、保健室《ほけんしつ》で過《す》ごすことがほとんどだった。

中学への進学を機に、松尾家は引《ひ》っ越《こ》した。おとうさんとおかあさんの仕事のこともあるから、そんなに遠くではない。それでも前の学校や環境《かんきょう》からそこそこ距離《きょり》をとった引っ越しだった。

前の家のままだったら、きっと音々は北中に進学することになっていた。目の前の種田さんと再《ふたた》び同じクラスになっていたかもしれない。

また「ねねねのねねちゃん」とからかわれてしまうのか。そう考えると、ますます呼吸《こきゅう》が浅くなり、喉《のど》が狭《せま》くなっていくのがわかる。これでは声など出てくるはずもない。

「あ、あ、あ、あ……」

なんとか椅子《いす》から立ち上がったものの、言葉が出ない。ぎゅっと握《にぎ》り締《し》めた拳《こぶし》の中は汗《あせ》でぐっしょりと濡《ぬ》れている。落ち着こうと深呼吸《しんこきゅう》を試みるも、前を向くと「とうかちゃん」の姿《すがた》が目に入ってしまうため、背筋《せすじ》も伸《の》ばせない。

「アイラブユー」

突然《とつぜん》、歌うような愛の言葉が耳に流《なが》れ込《こ》んできた。

「ちょっと！　至ちゃん。勝手な発言は減点対象《げんてんたいしょう》よ！」

小林先生が思わずいつもの口調で慌《あわ》てて注意するも、天神くんは黙《だま》らない。

「『I love you《アイラブユー》』を、夏目漱石《なつめそうせき》は『月が綺麗《きれい》ですね』と訳《やく》したんだ」

天神くんの解説《かいせつ》を受けて、さきほどの種田さんの句《く》がまた違《ちが》ったふうに音々には映《うつ》る。

喧嘩《けんか》をしたのは友だちではなく、好きなひと。片想《かたおも》いかもしれない。すでに付き合っているのかもしれない。どちらにせよ、これは恋《こい》の句。自分をこの句の登場人物にする必要はない。

「あの子なんだね、あだ名の子」

天神くんがそうつぶやいた。以前つい漏《も》らしてしまった昔の話を天神くんは覚えていてくれたのだ。

「過去《かこ》は大事。でも、過去に囚《とら》われちゃダメだ」

天神くんの声が耳から頭に、頭から心に沁《し》み込《こ》んでいく。音々は目をつむり、種田さんを見ないようにして大きく深呼吸《しんこきゅう》をした。

「ねえ、いま何待ち～？」

「せっかく盛《も》り上《あ》がってきてたんですけど～」

「あ、あの大将《たいしょう》の子。前に天神くんといっしょにいた無口女子だ」

「はあ？　だから黙《だま》ってんの？　なんでそんな子が大将なんかやってんのよ？」

「ねえ、無理なら棄権《きけん》したら～？」

集まっていた観客の一部から心ない言葉が発せられる。せっかく取《と》り戻《もど》しかけていた平静を再《ふたた》び見失いそうになる。

「黙って待ってろ！」

今日いちばんの大声が校舎《こうしゃ》を震《ふる》わせる。でも、その大声の主は鹿沼くんじゃない。鹿沼くんは隣《となり》に座《すわ》る天神くんからの、聞いたことのない声に目を丸くしていた。

一瞬《いっしゅん》で中庭全体が、いや、学校全体が沈黙《ちんもく》したかのように感じられた。

「大丈夫《だいじょうぶ》。松尾さんのペースでね」

いつもの歌うような声で天神くんが囁《ささや》いた。

音々の声はまだ出ない。けど、もう慌《あわ》てない。

深呼吸《しんこきゅう》をする。今度は目をつむらずに、背筋《せすじ》を伸《の》ばして、まっすぐ前を見て。

種田さんの顔が目に入る。そこには笑《え》みもなく、馬鹿にするような表情《ひょうじょう》もなく、ただただ真剣《しんけん》な眼差《まなざ》しで音々をまっすぐ見つめていた。

種田さんの口がパクパクと動く。

（が・ん・ば・れ）

そう言っているように見えた。気のせいだろうか。音々はもう一度深呼吸をする。

（が・ん・ば・れ）

種田さんの口から音のない声が再《ふたた》び発せられる。気のせいではなかった。

音々は混乱《こんらん》した。敵《てき》にエール。記憶《きおく》の中の「あの子」はそんなことをする子ではなかった。目の前の種田透華さんと記憶の中の「とうかちゃん」が別人に思えてくる。

そう思うと、ふっと呼吸が楽になった。今度は息を吐《は》けるだけ吐いた。入《い》れ違《ちが》いに新鮮《しんせん》な空気がすうっと肺《はい》に入ってくる。口から喉《のど》に向けて道が開くのを感じる。

声が出せる。

息を吐《は》くのといっしょに、心の中でずっと紡《つむ》いできた今日のための十七音を思い切り吐き出す。その一音一音が嬉《うれ》しそうに弾《はず》みながら、音々の喉《のど》を通《とお》り抜《ぬ》けていくのがわかる。

『ふるさとは　月の裏《うら》だと　伝えたの』

『ふるさとは　月の裏だと　伝えたの』

一回目は「伝えたの？」と少し語尾《ごび》を上げて発した。二回目は「伝えたの」とそれに答えるような カタチで語尾を下げて詠《よ》んだ。

ルール違反《いはん》だろうか。音々は心配になる。最初から狙《ねら》っていたわけではない。そこには訊《き》く側と答える側との想《おも》いの違《ちが》いがあったことに、いざ詠む直前に気づいてしまったのだ。

「かぐや姫《ひめ》だ」

種田さんがつぶやいた。

そのとおり。この句《く》は「地球人」と同じ姿《すがた》をしているのに、実は「月の人」であったかぐや姫《ひめ》を詠《よ》んでいる。

「さあ、大白熱の大将戦《たいしょうせん》。多少の雑音《ざつおん》はありましたが、そんなのを吹《ふ》き飛《と》ばすほどの素晴《すば》らしい句が両者から発せられました」

ここまでの流れに一言も口を挟《はさ》まず見守ってくれていた小林先生がマイクを持った。

「夏目漱石VS《バーサス》竹取物語《たけとりものがたり》。このあたりも審査《しんさ》に面白《おもしろ》い影響《えいきょう》を与《あた》えそうです」

小林先生は、そう前振《まえふ》りをしてから両チームに質疑《しつぎ》を促《うなが》した。

「一回目が疑問形に聞こえたのに対し、二回目の詠句《えいく》では、それに答えるかのように聞こえました。これは意図的ですか」

種田さんからの質問。まさに音々が無意識《むいしき》にやってしまった詠《よ》み違《ちが》いをしっかり指摘《してき》してきた。

どうしよう。詠み方を変えてしまったのは完全に音々のアドリブだ。天神くんたちと事前に打ち合わせをしていない。音々が答えるしかない。

「すみません。わざとではなく、無意識に……」

五・七・五。いつものように言葉を短く、意図を圧縮《あっしゅく》して答える。ただ、音々の心の内に詰《つ》まっていたこの句《く》に対する想《おも》いは「定型《ていけい》」では伝えきれなかった。

「悩《なや》むのは、かぐや姫《ひめ》だけじゃなくて」

字足らず。構《かま》わず音々は続ける。

「姫想う翁《おきな》や帝《みかど》だって悩む」

今度は字余《じあま》り。気にしない。音々は続ける。

「見た目は同じなのに違《ちが》う人間」

十七音。だけど、リズムが自由律《じゆうりつ》。

「それを埋《う》めたいのに叶《かな》わない願い」

月が故郷《こきょう》だと伝えたかぐや姫と、伝えられた帝や翁の気持ち。そのどちらもわかるし、わかるから切ないのだと音々はこの句で伝えたかった。

横に座《すわ》る天神くんをふと見る。そう、これは天神くんのことを詠《よ》んだ句。天神くんが『五月雨句会《さみだれくかい》』で『うみ』を本歌取りした日以来、ずっと感じていた謎《なぞ》の「距離感《きょりかん》」。その正体がわからないまま、音々はそれを十七音に込《こ》めようとずっと考えていた。

「悩んだ末に、翁たちの願いを諦《あきら》めさせるために、かぐや姫は『ふるさとは月の裏《うら》だと伝えた』んですか？」

種田さんが重ねて質問《しつもん》をする。

「わかりません」

音々は短くそう答えた。

故郷《こきょう》が月だと伝えたのは、諦《あきら》めてほしかったからなのか、それとも。音々はあえてこの句《く》に答えを用意しなかった。聞くひとみんなにかぐや姫《ひめ》の気持ちを想像《そうぞう》してほしかったから。

「俳句試合《はいくじあい》」終了《しゅうりょう》。大将戦《たいしょうせん》の審査《しんさ》はずいぶんと時間がかかったが、僅差《きんさ》で白チームの勝利となった。ただし、ホームである音々たちが有利であったから、という条件付《じょうけんつ》き。

「来年は北中で開催《かいさい》することをここに約束します！」

校長先生の高らかな宣言《せんげん》で、音々たちの文化祭は幕《まく》を閉《と》じた。

あたたかな【冬】

音々《ねね》は小林《こばやし》先生と空港に来ていた。

国際線《こくさいせん》のターミナル。大きな窓《まど》の外には、音々が見たこともないマークの飛行機がずらりと並《なら》んでいる。

「あ、たぶんアレに乗るんじゃないかな」

待合室のベンチ。音々の隣《となり》に座《すわ》った天神《てんじん》くんが飛行機を指差して言った。

音々は何も答えない。いや、何も答えられない。今日という日がくるまでに、本当に、本当にいろいろ考えてきたはずなのに。恥《は》ずかしかったけれど、おかあさん相手に予行練習までしたのに。

それでも、音々は黙《だま》って、ただ、天神くんの横顔をじっと見ていた。

「思えば、ずっと悩《なや》んでたのかもしれないな」

飛行機から視線《しせん》を外し、天神くんが音々のほうを向く。その澄《す》んだ瞳《ひとみ》の中に、音々は自分の姿《すがた》が映《うつ》っていることが逆《ぎゃく》に切なかった。

「自分が日本人であって日本人じゃないってことに」

天神くんが再《ふたた》び前を向く。飛行機を見ているのだろうか。空を見ているのだろうか。それとも、その先にある自分の祖国《そこく》を見つめているのだろうか。

音々は、天神くんに秘密《ひみつ》を打ち明けられたときのことを思い出していた。

＊

「え？　いま、なんつった？」

最初に反応《はんのう》したのは鹿沼《しかぬま》くんだった。

音々たちは文化祭の片《かた》付《づ》けを済《す》ませ、部室に集まっていた。「俳句試合《はいくじあい》」前の「勝ったら教えてあげる」という天神くんとの約束を果たしてもらうために。

「だから、僕《ぼく》は日本人だけど、日本人じゃないんだ」

「どういう意味だよ!?　至《いたる》はどっからどう見ても日本人だろうが」

国語の先生より上手な字を書き、歌うようにスラスラと日本語を発する天神くんが日本人ではないと言う。音々は以前コンビニで遭遇《そうぐう》した外国人の店員さんを思《おも》い浮《う》かべていた。

「国籍《こくせき》は日本だけど、ルーツは日本じゃないんだ」

「ルーツ？」

「そう。僕《ぼく》は日本生まれだけど、両親はブータンからやってきたんだ。知ってる？ブータン王国《おうこく》」

知らなかった。天神くんとは長い付き合いのはずの鹿沼くんも、音々と同じく首を横に振《ふ》っている。

「インドと中国の間にある小さな王国でね、『幸せの国』と呼《よ》ばれてたこともあるんだよ」

「幸せの国」。それはとても素敵《すてき》な響《ひび》きではあったが、だからこそ、天神くんが日本よりその「幸せの国」を選んでしまったのではないかと音々は不安になった。

「もしかして、転校先は、その祖国《そこく》？」

音々の質問《しつもん》に、天神くんが黙《だま》った。

「至ちゃん、言いにくかったらワタシから言いましょうか？」

小林先生は事情《じじょう》を知っているようだった。

「いえ、大丈夫《だいじょうぶ》です」

天神くんはそう言うと、「父さんが去年事故《じこ》で亡《な》くなってね」と努めてなんでもないことのように言った。なんでもないことのはずなんてないのに。

「元々父さんと母さんは駆《か》け落《お》ち同然《どうぜん》で国から出てきたんだって。いろんな国を転々として日本に行き着いたらしい」

日本に来てからしばらくして、日本に定住することに決めたという。

天神くんのご両親は、日本に定住することに決めたという。天神くんが生まれたらしい。そのことをきっかけに、天
「実は『天神至』も当て字なんだ。ブータン名だと『Tenzin yitrolu《テンジン イトル》』。『yitrolu』には嬉《うれ》しい歌って意味を込《こ》めたんだって」

天神くんが自分の名前を外国語のように発音した。下の名は「イタル」とも「イトル」とも聞こえる。天神くんが自分を日本人じゃないと言ったことが急に実感として音々を襲《おそ》う。

「でも、父さんが死んじゃって、母さんがちょっと弱っちゃってね」

天神くんが力なく笑う。その口元はちょっと歪《ゆが》んでいた。

聞けば、お父さんのことが大好きだった天神くんのお母さんは、お父さんが亡くなったこの国に居続《いつづ》けるのがつらくなったのだという。祖国《そこく》ブータンの両親に連絡《れんらく》したら「いつ

でも帰ってこい」とのこと。

「母さんは『イトルはどうするの？』って聞くんだ。母さんの中で答えはもう決まってるのにさ」

また天神くんが笑う。今度は口元が逆《ぎゃく》のほうに歪《ゆが》む。天神くんのこんな笑顔《えがお》を初めて見ると音々は思った。

「僕《ぼく》は迷《まよ》ったよ。僕は日本が好きなんだ。いや、好きになるように、日本人になりきるように、父さんに教《おし》え込《こ》まれたからね」

字が上手なのも、「薔薇《ばら》」や「檸檬《れもん》」が書けるのもお父さんから「日本人らしくしろ」と言われ続けた結果だと言う。日本人でも「薔薇」や「檸檬」を辞書も引かずに書けるひとはほとんどいないと思うけど。

「父さんは日本に来た当初、外国人ってことで結構《けっこう》つらい目にあったみたいなんだ」

当時はよく「ガイジン」と言われたらしい、と天神くんが付け足す。「外人」、外の人。

確《たし》かに、どこか突《つ》き放《はな》したような、壁《かべ》をつくっているような言い方だ。

「父さんは、息子《むすこ》の僕にはそんな思いをさせたくなかったらしい」

だから日本に「帰化」して、日本人のような名前を天神くんにつけた。日本の文化を徹《てっ》底的《ていてき》に学ばせ、日本人よりも日本人であるように天神くんを育てた。

「それって、しんどくね？」

音々もちらりと思ったことを、鹿沼くんが言葉にしてくれた。

天神くんはふっと笑うだけで、否定《ひてい》も肯定《こうてい》もしなかった。

「俳句《はいく》は本当に好きでしたよ」

天神くんが弁明《べんめい》するように小林先生に言った。

「そんなの見てりゃわかるわよ。こんなに俳句を好きな子、滅多《めった》にいないって、ワタシ感動しちゃったんだから」

小林先生が天神くんの肩《かた》をぽんと叩《たた》く。天神くんが少し笑った。やっといつもの天神くんの笑顔《えがお》に戻《もど》った。俳句には天神くんを癒《い》やす力があるようだ。

「じゃあ、全寮制《ぜんりょうせい》の学校の話はなんだったんだよ？」

鹿沼くんが話を元に戻す。いま誰《だれ》よりも結論《けつろん》を急いでいるのは鹿沼くんかもしれない。

「僕《ぼく》だけ日本に残るつもりだったんだ」

「だったんだ」が引っかかる。いまは違《ちが》うということだ。

「お袋《ふくろ》さんに反対されたのかよ？」

「いや、母さんは僕《ぼく》の好きなようにしたらいいって言ってくれたよ」

いいお母さんだ。なら天神くんは自分の好きなように日本に残ったらいい。いや、残ったほうがいい。そう音々は念じるように思った。

「僕もブータンを見てみたくなったんだ」

天神くんが窓《まど》の外を見る。そこには天神くんの目にしか映《うつ》っていない「祖国《そこく》」があるのだ、きっと。

「知ってた？　俳句《はいく》にも越境留学《えっきょうりゅうがく》とかあるんだって」

野球やサッカーなどのスポーツで、地元を離《はな》れ強豪校《きょうごうこう》に入ることがあるというのは、この前鹿沼くんが話題にしていた。

「それこそ俳句甲子園《はいくこうしえん》を目指している高校生とかが、親元を離れて俳句の強い学校に入ったりしてるんだって」

「なら、至もそうすりゃいいだろ。入れんだろ、お前なら俳句の強豪校だってどこだって」

鹿沼くんも天神くんのブータン行きをなんとか阻止《そし》しようと思っている。音々も同調したい。でも、言葉が出ない。

「強豪校《きょうごうこう》に入るだけが目的じゃなくてさ、自分のこれまでの価値観《かちかん》を塗《ぬ》り替《か》えるために引《ひ》っ越《こ》すひともいるんだって」

そこまで俳句《はいく》にのめり込《こ》むひとがいることを知って、音々は驚《おどろ》いていた。自分は俳句のためにそこまでできるだろうか。

「そこいくと、僕《ぼく》なんて他県どころか、外国に行くんだよ。これ、すごいことじゃない？」

天神くんが少し興奮《こうふん》している。嬉《うれ》しそうにしないで。そう音々は思う。同時に、天神くんが嫌々《いやいや》ブータンに行くわけじゃないことを知ってホッともしていた。ふたつの相反する気持ちに引《ひ》っ張《ぱ》られ、音々の心臓《しんぞう》は引きちぎられそうだった。

「ブータンにも日本みたいに四季があるみたいね」

小林先生が天神くんの背中《せなか》を押《お》すようなことを言う。やめて、と思う。

「そうなんです！　それに、昔ながらの文化も残ってて、いまの日本じゃ少なくなった風景も見られるらしいですよ」

天神くんがワクワクしている。よかったね、と思う。

音々の心が矛盾《むじゅん》する。

「もっともっと俳句《はいく》をうまくなりたいんだ」

どうしてそこまで、と音々は思った。俳句の何がそこまで天神くんを突《つ》き動《うご》かすのか。

「そんなの日本でもできるだろ！」

部室が震《ふる》えた。いつも大声の鹿沼くんのさらに大きな声。まるで拡声器《かくせいき》を使ったかのようだ。音々も先生も思わず耳をふさぐが、天神くんはまっすぐ鹿沼くんを見つめ直した。

「朋希《ともき》、野球、またやってみなよ」

「いま俺《おれ》の話はいいんだよ！」

「いや、いまだから言えるんだよ」

天神くんの声は鹿沼くんほど大きくない。なのに、その声は強く太く硬《かた》かった。いつもみたいに歌うような声じゃない。天神くんの覚悟《かくご》が決まっている証《あかし》のような気がした。

「もういいよ！」

鹿沼くんも天神くんの覚悟を感じ取ったのか、そう言うと部室を出ていってしまった。

「ちょっと、朋《とも》ちゃん！」

小林先生も鹿沼くんを追って出ていってしまった。ふたりきり。空気が静まる。

「ごめんね」

なんで謝《あやま》るの、と音々は聞きたかった。

「気にしない。天神くんが決めたこと」

心とは裏腹《うらはら》な十七音が口をつく。

「そう……だね」

天神くんの横顔が少し寂《さび》しそうに見えた。気のせいだろうか。

「かわやなぎ　風に逆《さか》らい　うらおもて」

かつて天神くんが吟行帰《ぎんこうがえ》りに詠《よ》んだ句《く》を、音々はそのまま口にしてみる。あのころは意味なんて全然わからなかった。いまはもしかしたら天神くんの自分に向けたアドバイスだったのではないかと思っている。

周りの空気に逆らって本音を隠《かく》して黙《だま》ってばかり。口を開いてもそこに音々の本心はない。天神くんはそのことを見抜《みぬ》いていたのかもしれない、と。

「本心じゃないってこと？」

天神くんがまっすぐ音々を見つめてきた。その黒く澄《す》んだ瞳《ひとみ》に嘘《うそ》はつけない。音々はこくりと首を縦《たて》に振《ふ》る。

「僕《ぼく》も松尾《まつお》さんと離《はな》れるのは寂しいよ」

なら行かないで。喉《のど》まで言葉が込《こ》み上《あ》げてくる。同時に、その言葉が天神くんを苦しめてしまうことも、もう音々にはわかっていた。天神くんは決めたのだ。ブータンに行くと。

「また会える？　いつかどこかで、また会える？」

それが音々の精一杯《せいいっぱい》。引き止めたりはできない。でも会いたい気持ちに嘘《うそ》はつけない。

「会えるよ、きっと。いや、絶対《ぜったい》に」

天神くんはそう歌うように言うと、優《やさ》しく音々に微笑《ほほえ》みかけてくれた。

＊

「恥《は》ずかしい。あれが最後の別れかと」

音々は赤くなった顔を手で覆《おお》う。部室で感極《かんきわ》まって気持ちを伝えた翌日《よくじつ》、普通《ふつう》に天神くんとは教室で会った。

「引《ひ》っ越《こ》す日、ちゃんと聞いとくべきだった」

実際《じっさい》に天神くんが引っ越すのは冬休みに入ってから。音々は恥ずかしすぎて、その後、休みに入るまで天神くんとまともに話すことができなかった。

自分のルーツと転校することを発表した天神くんの周りには、いつだってひとだかりができていて、どちらにせよ、音々が近寄《ちかよ》る隙《すき》などなかったのだが。

——音々ちゃん、空港まで見送りに行くわよ。

結局、クラスで開いた送別会でも天神くんと話せなかったことを知った小林先生が、声をかけてくれて、いまここにいる。

「また会えるって言ったでしょ」

天神くんが音々の顔をのぞきこんで、意地悪そうに笑った。

音々はパンと天神くんの肩《かた》を叩《たた》いた。もちろん本気じゃない。照《て》れ隠《かく》しだ。

「いったぁ！」

天神くんが叫《さけ》んで、床《ゆか》にうずくまった。そんなに強く叩いたかな、と音々は心配になる。

「いったいよ……ほんと」

うずくまる天神くんの肩が震《ふる》えていた。

そんな天神くんを見ていたら、音々の目頭《めがしら》も熱くなってきた。喉《のど》の奥《おく》からも熱い何かがせりあがってくる。

「ずるいって。泣かないよって言ったのに」

さよならは笑顔《えがお》で。それが、天神くんと最後に交《か》わした約束だった。ふたりはその約束をやぶった。

「やだよー」

「離《はな》れたくないよー」

「まだいっしょに俳句《はいく》やりたいのにー」

「吟行《ぎんこう》も行きたいよー」

「句会だって、即興《そっきょう》バトルだってやりたいよー」

音々の口から、堰《せき》を切ったように言葉が飛び出てくる。それは五でも七でも、十七でもなかった。本音がそのままカタチになった言葉の塊《かたまり》が、次から次へとあふれ出《で》てきて止まらない。

「行かないでよー」

音々は天神くんの背中《せなか》をバシバシと叩《たた》いた。駄々《だだ》をこねる子どものように、その震《ふる》える背中を何度も、何回も。

『芭蕉忌《ばしょうき》に　きみの名前を　思い出す』

背中《せなか》を丸めたまま、天神くんがぼそりと一句詠《いっくよ》んだ。「芭蕉忌《ばしょうき》」は松尾芭蕉《まつおばしょう》の命日で、冬の季語だ。

「違《ちが》うな」

丸めた背中の向こうで、天神くんが首を横に振《ふ》っているのがわかる。

『見えるかな　同じ空の下　オリオンよ』

空港の天井《てんじょう》が消えた。頭上には一面の星空。盾《たて》を持ち、棍棒《こんぼう》を掲《かか》げる神話の勇者が目に映《うつ》る。きっと離《はな》れ離《ばな》れになっても天神くんと音々は同じ夜空を見上げるだろう。俳句《はいく》を詠《よ》む人間にとって、星空も大事な題材だから。

「字余《じあま》りだし、これも違う」

また天神くんが首を振る。音々も同感だ。違う。そうじゃない。自分たちがいま交《か》わしたいのはそんな句じゃない。

『夏を待つ　セブンティーンの　音持って』

歌うように詠《よ》みあげると同時に、天神くんが立ち上がった。その瞳《ひとみ》は少し赤かったが、もう涙《なみだ》に溺《おぼ》れてはいなかった。

冬の季語なら「春を待つ」が正しい。けど、いまのふたりにはこれが正しい。

写真でしか見たことがない愛媛県松山市《えひめけんまつやまし》の商店街が周囲《しゅうい》に広がる。『俳句甲子園』の予選リーグが開催《かいさい》される場所だ。

天神くんと音々はそこに立っている。アーケードを抜《ぬ》ける生暖《なまあたた》かい風。遠くから聞こえる蟬《せみ》の声。首筋《くびすじ》を伝う汗《あせ》。少しだけ高くなった視点《してん》。

天神くんはもっと背《せ》が伸《の》びている。髪《かみ》の毛《け》も。でも、一目でわかる。一年や二年会ってないくらいで忘《わす》れるわけがない。

『さようなら　また【ね】は言わない　冬の空』

音々も天神くんの正面に立って、そう返句《へんく》した。

それ以上、ふたりとも何も発しなかった。一言も。いや、一音も。
天神くんを乗せた飛行機が、冬の空に消えていった。

青くなる【春】

「君を推《お》す　青くて疾《はや》い　春の風」

クラスのみんなが黒板に注目するなか、音々《ねね》の耳に、いや、教室中に「五・七・五」の十七音が大声で響《ひび》き渡《わた》る。

「それでは、三年一組のスローガンは『君を推す　青くて疾い　春の風』に決定します」

黒板に最後の【正】の字を書《か》き込《こ》んだ音々の背後《はいご》、教壇《きょうだん》に立つ鹿沼《しかぬま》くんが大声で叫《さけ》んだ。

「うっせーよ、朋希《ともき》。そんなバカでかい声で言わなくても聞こえるし、黒板見たらわかるっつーの！」

クラスの男子たちからクレームがあがる。

「だな。圧倒的《あっとうてき》だったな」

鹿沼くんが「にしし」と嬉《うれ》しそうに笑いながらそのクレームに返す。

音々は自分が書いた【正】の字を数えてみる。全部で七個《こ》。三年一組は三十六人だから、音々以外の全員がこのスローガンに投票したことになる。

（出来レースだ、これは）

音々は呆《あき》れてため息をつく。

そもそも、学級委員に人気者の鹿沼くんが選ばれるのはまだしも、音々まで選ばれてしまったことがおかしい。

昨年好評《こうひょう》だったクラスごとのスローガンは、今年も継続《けいぞく》。もちろん、面白《おもしろ》いこと大好きな校長先生も続投。鹿沼くんの発案で、今年は無記名で提出《ていしゅつ》するのではなく、各自が「詠《よ》みあげる」方式になった。

これが完全に鹿沼くんの仕組んだことだと気づいたのは、音々が自分のスローガンを詠みあげる直前のことだ。

——去年の最優秀賞《さいゆうしゅうしょう》に選ばれたスローガン、松尾《まつお》さんのだったんだって。

——え、そうなの？　でも、わたし、あれ好きだったよ。いまでも覚えてるもん。

——松尾さんってあれでしょ？　県の俳句《はいく》コンクールでも優勝《ゆうしょう》したんでしょ？

——マジ⁉　あの校長室前に貼《は》り出《だ》されてたやつだろ？　すげえ！

いままさに起立して、考えたスローガンを発表しようとしたとき、教室のあちこちでひそひそとそんな会話が聞こえてきた。

鹿沼くんのほうを見るとニヤニヤしている。続いて担任《たんにん》の小林《こばやし》先生を見るともっとニヤニヤしている。犯人《はんにん》はこのふたりか、と音々は怒《いか》りを通《とお》り越《こ》して呆《あき》れてしまった。

ふたりが俳句部の部員集めに手段《しゅだん》を選ばないことは、昨年度の冬休み明けに思い知らされていた。

天神《てんじん》くんが転校したのをいいことに、かつて天神くんをとりあってもめた女子たちに再《さい》度《ど》の入部を勧《すす》めたり、校長先生にかけあって運動部との兼部《けんぶ》もオーケーにしたり、挙げ句の果てには音々をあらゆるコンクールに出場させて受賞《じゅしょう》の実績作《じっせきづく》りに奔走《ほんそう》したり。

おかげで現在《げんざい》俳句部員は七人。廃部《はいぶ》も免《まぬが》れた。逆《ぎゃく》に部室が狭《せま》くなったと文句を言っている鹿沼くんの脇腹《わきばら》を小突《こづ》くこともしばしばだ。

——松尾、緊張《きんちょう》してる？

鹿沼くんに煽《あお》られて、音々はふんと鼻を鳴らす。もうこれくらいじゃ緊張などしない。

ここ数か月、この教室の何倍も広いところで句《く》を詠《よ》まされる経験《けいけん》もたくさんしてきた。音々は自分が紡《つむ》ぎ出《だ》し、吐《は》き出《だ》す十七音に自信を持つことにしていた。おどおどしていたら、その「五・七・五」がかわいそうだ。何より、そんなことでは天神くんとの約束を果たすことができないから。

──「君を推《お》す　青くて疾《はや》い　春の風」

──「君を推す　青くて疾い　春の風」

音々はつい癖《くせ》でスローガンを二回詠みあげてしまった。鹿沼くんと小林先生がプッと吹《ふ》き出《だ》す。でも、笑っているのはふたりだけだ。他のクラスメートたちは目を丸くしている。

──いま、風吹かなかった？

──うん、吹いた。でも、窓《まど》開いてないよな？

──あれ？　その風、青く見えたの俺《おれ》だけ？

——え、嘘《うそ》!?　わたしも！　青かったよね？

——何これ、マジすごいんですけど。

教室が一気にざわつく。

——はい、静かにー！

音々が句《く》を詠《よ》んだときに起こるこの現象《げんしょう》には慣《な》れっこの鹿沼くんが、みんなを静める。

自分の声がいちばん大きくてうるさいことは置いておいて。

その後、全員がひとり一スローガンを発表したが、音々の「スローガン」のインパクトが強すぎたようだ。結果、三十五票という圧倒的《あっとうてき》な支持《しじ》で三年一組のスローガンは音々発案のものに決まった。

「これでまた部員増《ふ》えるわね」

「そうっすね。にしし」

LHR《ロングホームルーム》が終わったあと、廊下《ろうか》で小林先生と鹿沼くんが話しているのを聞いた音々は、ぎろりとふたりを睨《にら》みつけた。

【今年も俳句試合《はいくじあい》するよね？】

その日の夜、音々のスマホにメッセージが届《とど》く。今年満場一致《まんじょういっち》で北中《きたちゅう》文芸部の部長になった種田透華《たねだとうか》さんからだ。

昨年の文化祭のあと、音々は種田さんと少しだけ話した。彼女《かのじょ》が目の前に立つと足が震《ふる》えたし、喉《のど》がぎゅっとなったが、俳句試合《はいくじあい》の中で目を見て、句を発し、意見を言い合えたことで、少しだけトラウマが薄《うす》らいだような気がしていた。

――いい試合だった。

種田さんは音々に握手《あくしゅ》を求めてきた。音々の手は出ない。種田さんは不思議な顔をしている。

――ねねちゃんだよね？

――その名前、あなたのせいで、好きじゃない。

――え？　なんで？

面食らっている種田さんに、音々は言葉を選んで、区切って、ゆっくりと、だが、ちゃんと本音を込《こ》めて話した。

種田さんはそんなたどたどしい話し方に「ちゃちゃちゃ」のひとつも入れず、静かに最後まで聞いていた。

――ごめんなさい。

種田さんは深々と頭を下げた。

――ねねちゃん、いや、松尾さんがそんなに傷《きず》ついてたなんて知らなかった。

種田さんはあのころ、本当に音々の吃音《きつおん》に対してからかう気持ちはなかったらしい。打楽器を叩《たた》くようなリズミカルな話し方がうらやましくて真似《まね》したりしてしまったと言う。

――本当に無神経《むしんけい》だった。

種田さんは目に涙《なみだ》をためながら、

――あ、ごめん。わたしが泣くのは違《ちが》うよね。ごめん、ほんとごめん。

そう言いながら必死で涙を拭《ぬぐ》う種田さんを見て、音々の目からも涙がこぼれた。

――もういいの。私《わたし》もちゃんと言えなくて。

当時の音々は、種田さんに対して否定《ひてい》も抵抗《ていこう》もしなかった。ただ傷ついて、おかあさんの反応《はんのう》でもっと傷ついて、誰《だれ》かと話すこと自体に恐怖《きょうふ》を覚えてしまった。

きっかけが種田さんであることは確《たし》かだが、そのトラウマを克服《こくふく》するチャンスから目を逸《そ》らしていたのは音々自身かもしれない。

——仲直りできるかな?

種田さんは目を赤く腫《は》らして言った。

——いますぐは無理かもだけど、いつかなら。

まだ種田さんと握手《あくしゅ》する勇気は音々にはなかった。

——うん、いつかでいい。ううん、いつかがいい。

種田さんはそう言うと、「またね」と残して去っていった。種田さんの連絡先《れんらくさき》を聞いたのは、それからしばらくして。小林先生からだった。

【今年なら五対五だって受けて立つ】

わざと五・七・五で音々は返した。もう十七音に絞《しぼ》らずとも音々はコミュニケーションがとれるようになっていた。

それでも十七音で会話することに音々はこだわっていた。それが自分の個性《こせい》であり、いつかの約束を果たすための「修行《しゅぎょう》」にもなると考えていたから。

【夏休み、合同句会《くかい》やってみる?】

種田さんから十七文字で返信がくる。

【吟行《ぎんこう》も、いっしょに行けば楽しそう】

音々もすぐメッセージを返す。

【そういえば、彼女《かのじょ》できたの？　朋希くん】

種田さんが鹿沼くんをお気に入りなのは、最近発覚した事実だ。文化祭で会ったときは大声でデリカシーのないひとだと思ったらしいが、鹿沼くんが過去《かこ》に出場した野球の試合の映像《えいぞう》を観《み》て「かっこいい！」となったらしい。意外にミーハーなところがある、と音々は思っていた。

【知らないよ。でも、野球部はモテるからｗ】

絵文字や記号は一音かしら、と音々は思いながら、少し意地悪な返信をした。そう、鹿沼くんは運動部との兼部《けんぶ》がオーケーになってから、野球部に復帰《ふっき》していた。

——松尾がイップス克服《こくふく》したのに、俺《おれ》だけ取り残されんのもなぁ。

鹿沼くんは、音々の「吃音《きつおん》」の過去を知って、それを自身の「イップス」と重ね合わせたらしい。復帰当初はずいぶんと苦労したらしいが、いまではチームの中心人物として活《かつ》躍《やく》している。

まだ彼女ができたという話を鹿沼くんから聞いたことはない。どんなに野球がうまくても、あんなに声が大きくてデリカシーのない男子がモテるとは音々には思えなかった。実は繊細《せんさい》でいいひとというのは知っているが、周囲《しゅうい》がそれに気づいている気配はない。

【種田さん見る目あるかも。知らんけど】

そう返信した直後、メッセージではなく、メールが届《とど》いていることに気づく。

【Tenzin yitrolu《テンジン イトル》】

送信者を見て、音々の心臓《しんぞう》がビクンと跳《は》ねる。いい加減慣《かげんな》れなければ、と音々は思う。

深呼吸《しんこきゅう》をして跳ねた心臓を落ち着かせる。

天神くんからメールがくるのは初めてではない。

――【ブータンにケータイあるの？　驚《おどろ》いた】

――【失礼な。スマホもあるし、ネットカフェだってあるんだよ。笑】

最初はそんなやりとりだった。

ブータン王国は音々が思っているよりずっと近代化しているようで、最近はパソコンやスマホもみな当たり前のように持っているらしい。それどころか「子どもがスマホのしすぎで勉強しない」は、日本と同じように問題になっているそうだ。

音々は、天神くんのメールを声に出して、歌うように読む。天神くんだったらこう喋《しゃべ》るだろうと想像《そうぞう》して。これが、「十七音」以外で話すためのいいトレーニングになっていたことに、音々は最近気づいた。

【母さんとおじいちゃんがまた喧嘩《けんか》しちゃって、仲裁《ちゅうさい》するのが大変だったんだ】

以前のメールにもあったが、天神くんのお母さんとおじいちゃんは、お互《たが》いがすごく頑《がん》固《こ》なひとみたい。お母さんはブータンは変わるべき。「幸せ」のカタチだって国民の数だけあっていいはず、という意見。おじいちゃんは古き良き王国の文化としきたりを守るべき。「幸せの国」は、長い間変わらずにいたからこそなのだ、という考え。

両者対立する意見のうえに、双方《そうほう》まったく譲《ゆず》らない頑固者らしい。

【世界は多様性《たようせい》の時代だよって僕《ぼく》はいつも言ってるんだけどね〜】

天神くんらしい仲裁の仕方だ。変わるべき、も変わっちゃダメも、両方尊重《そんちょう》した進め方を見つけることが大事だと、天神くんなら考えているだろうなと音々は思った。

学級委員をしている天神くんの姿《すがた》が目の前に蘇《よみがえ》る。クラスメートと一定の距離《きょり》を保《たも》っていたのは「日本人ではない」ことがバレないようにするためもあったかもしれないが、みんなの意見を公平に判断《はんだん》するためにも、多少の距離感が必要だったからなのかもと音々は思う。

【顔を合わせても会話なし。でも、大好きなサッカーの試合だけはいっしょに観《み》て応援《おうえん》す

るんだよ。おかしいでしょ？】

ブータンではサッカーが人気スポーツというのも、天神くんのメールで知った。ブータンにはたくさんいるらしい僧侶《そうりょ》も、休み時間は「袈裟《けさ》」から有名チームのユニフォームに着替《きが》えてサッカーをするという。

【そんな状態《じょうたい》だからさ、僕《ぼく》が日本の高校を受けるって話もしづらくて】

音々はあえてその話題を避《さ》けていた。俳句甲子園《はいくこうしえん》で会おうと約束はしていたけれど、それが本当に叶《かな》うことなのか音々には自信がなかった。

こちらから聞いてしまって「そんなの無理だよ」と返ってきたらどうしよう、と勇気が出なかったのだ。

天神くんは約束を忘《わす》れていなかった。音々はベッドの上に立ち上がって、ボンボンとジャンプした。夜だから、叫《さけ》びたい気持ちをぐっと我慢《がまん》して、ボンボンボンと連続でジャンプした。

「ちょっと、音々ちゃ〜ん？　なにバタバタしてんの？」

リビングからおかあさんに注意される。落ち着け私《わたし》、と音々は飛《と》び跳《は》ねるのをやめ、もう一度深呼吸《しんこきゅう》をした。

天神くんのメールに戻《もど》る。

どこの高校を受けるつもりなのか、そのあたりの詳細《しょうさい》は書かれていなかった。天神くんのことだ。うっかりはありえない。きっと何か考えがあってのことだ。

音々もメールの返信でそのことについて触《ふ》れないことにした。

北中の種田さんが鹿沼くんに告白《こくはく》するのも時間の問題だ、とか。

種田さんがいつ「透華ちゃん」って呼《よ》んでもらえるのか気にしていて、いつがいいのか迷《まよ》っている相談とか。

小林先生が最近、犬と猫《ねこ》を同時に飼《か》いだして、その世話が忙《いそが》しすぎて句会《くかい》がなかなか開《かい》催《さい》されないという愚痴《ぐち》とか。

俳句《はいく》に興味《きょうみ》を持った校長先生が最近よく部室に来るようになり、俳号をつけてほしがっていることとか。

たわいのない近況《きんきょう》を書《か》き綴《つづ》って「下書き」フォルダにいったん保存《ほぞん》する。

すぐ送信はしない。音々と天神くんのメールには、最後に一句つけて送るというふたりだけのルールがあった。

【幸福は　輸出《ゆしゅつ》できぬと　山笑う】

天神くんの今回のメールは、こう締《し》めくくられていた。

急速に近代化してきたとはいえ、まだまだ自然豊《ゆた》かな国だ。草木が一斉《いっせい》に芽吹《めぶ》き、鳥たちが囀《さえず》る春の山は、まさに「ワハハ」と豪快《ごうかい》に笑っていそうだ。

音々の目の前に浮《う》かぶイメージの中で山は笑ったあとにこう続けた。

「だから、お前の幸せは、お前自身で探《さが》すんじゃぞ〜」

この句《く》にちゃんと返す句がすぐには思いつかなかった。明日《あした》の朝までに考えよう。

「音々ちゃ〜ん。なんかテレビで俳句甲子園の特集やってるわよ〜」

リビングからおかあさんの声。

「あ、観《み》る観る！」

音々は部屋を出て、リビングのソファにすとんと腰《こし》を下ろした。

「どうせ、天神くんとメールでもしてたんでしょ？」

食器を片付《かたづ》け終《お》わったおかあさんが、音々の横に座《すわ》った。

「な、なんでわかるのよ！」

「だって、声がぴょんぴょんしてるんだもの」

おかあさんは嬉《うれ》しそうに言った。

最近おかあさんの話し方、いや、音々への接《せっ》し方《かた》が少し変わった。以前ならクラスメートの名前を出すことなど絶対《ぜったい》になかった。音々が学校の話をほとんどしなかったせいもあるが、きっとおかあさんも気を遣《つか》っていたのだと思う。

――おかあさん、ちょっと過保護《かほご》だったかもしれない。

三年生にあがるころ、おかあさんがぼそりとそうつぶやいたのを音々は覚えている。音々のことを大切に思うあまり、自分が「よくない」と思うものを音々から排除《はいじょ》してきた、とおかあさんは告白《こくはく》した。

――音々ちゃんが自分で考えて自分で選ぶチャンスを奪《うば》っちゃダメなのよね。

おかあさんはそう言ったあと、少し泣いた。

――確《たし》かに前まではそういうのから逃《に》げてたかも。

おかあさんがそれでまた自分を責《せ》めないように、音々は続けた。

――でも、いまはちゃんと自分で考えて、自分で選んでるよ。

泣いていたおかあさんが顔を上げる。

——だから、ありがとう、おかあさん。私《わたし》、おかあさんからたくさん大切なものをもらったんだって思ってるよ。

みんなに「綺麗《きれい》だ」と褒《ほ》められるこの声も、十七音から色や音や匂《にお》いをイメージできる感性《かんせい》も、ひとをよく見る観察眼《かんさつがん》だっておかあさんのおかげで手に入れられたものだ。

音々は隣《となり》でテレビを観《み》ているおかあさんの横顔に、「ありがとう」と小声で囁《ささや》いた。こんなに近い距離《きょり》でも聞こえないほどの小さな声で。

「ん？　何？」

案の定、聞こえてない。それでいい。この気持ちは音になっていなくていい。

「すごいわね、この高校。俳句甲子園五連覇《れんぱ》中《ちゅう》らしいわよ」

音々もテレビに目をやる。そこには【常勝俳句部《じょうしょうはいくぶ》】の垂《た》れ幕《まく》がさがった校舎《こうしゃ》が映《うつ》し出《だ》されていた。まるで野球のほうの甲子園優勝校《こうしえんゆうしょうこう》のようだ。

「でも、ここまで強いと相手の高校の子が少しかわいそうね～」

画面は変わって、決勝戦後。負けたチームの生徒たちが涙《なみだ》を流していた。

「大丈夫《だいじょうぶ》！　私が連覇、止めるから」

発した直後、音々は自分でもびっくりしていた。いつから自分はこんな自信家になったのだろうか。横でおかあさんも目を丸くしている。

「ただいま～って、あれ？　どうしたんだ、ふたりとも固まっちゃって」

おとうさんが帰ってきて、音々たちの金縛《かなしば》りも解《と》けた。その勢《いきお》いで、「聞いてよ、パパ。音々ちゃんったらね～」とおかあさんが告《つ》げ口《ぐち》をしようとするのを音々は必死で止めた。

「あ！　これだ」

おとうさんとおかあさんとのやりとりの中で音々は天神くんへの返句《へんく》を思いついていた。

『ただいまに　おかえりなさい　笑う山』

約束の【夏】

八月十九日。

俳句《はいく》の日。音々《ねね》にとっては約束の日でもある。

俳句甲子園《はいくこうしえん》全国大会の予選リーグがはじまる。

高校二年生になった音々は、今年やっと地方大会を勝《か》ち抜《ぬ》いて、松山《まつやま》に来ることができた。

「いたいた〜。お〜い、音々ちゃ〜ん」

予選会場となる大街道商店街《おおかいどうしょうてんがい》。そのアーケードの下を小林《こばやし》先生がこちらに駆《か》けてくる。

「先生!?　どうしてここに？」

「どうしたもこうしたも、ワタシの愛弟子《まなでし》がふたりも出場するんですもの。ボランティアに申《もう》し込《こ》んでスタッフをさせてもらうことにしたのよ！」

相変わらずの行動力に音々は感心してしまう。聞けば、愛猫《あいびょう》と愛犬は校長先生が預《あず》かってくれているらしい。いつの間にそんなに仲良くなったのだろう。

「至《いたる》ちゃんとはもう会った？」

音々は首を横に振《ふ》る。組み合わせ抽選会《ちゅうせんかい》にもウェルカムパーティーにも、天神《てんじん》くんは来なかったことを伝える。

「もう、何やってるのよ、あの子は〜」

小林先生は呆《あき》れながら笑っている。

「あ、あれ至ちゃんたちの学校じゃない？」

小林先生がアーケード街の向こう側を指差した。音々は振り返る。確《たし》かに、俳句界《はいくかい》ではすっかり有名になった常勝校《じょうしょうこう》の制服《せいふく》を着た集団《しゅうだん》がこちらに向かってきていた。

「先生、私《わたし》、ちょっとトイレ」

音々は逃《に》げるようにその場を去った。

会場から少し離《はな》れたコンビニまで逃げてきた。ここでトイレを借りることになっているが、それが目的ではない音々の足は店の前で止まっていた。

こんなことをしても仕方ないのに、と音々は思う。数十分後には嫌《いや》でも会場で天神くんと顔を合わせる。

予選リーグの一回戦で天神くんの高校との対戦を引き当てた、部長のくじ運の悪さを音々は恨《うら》んでいた。いきなりすぎて心の準備《じゅんび》もできやしない。

けどこれは部長のせいではない。音々の問題だ。

どんな顔をして会えばいいのだろう。どんな言葉をかければいいのだろう。音々はまるで昔のように想《おも》いが言葉にならないもどかしさを感じていた。

「変わらない。私《わたし》は何も変わらない」

自分を責《せ》めるように、そう独《ひと》り言《ごと》を地面に落とした。

「変わったよ。音がするほど、はっきりと」

背後《はいご》から十七音が聞こえた。ほんの少し太くなっていたが、懐《なつ》かしい、歌うような声が。

音々は振《ふ》り返《かえ》ることができなかった。


『暑き日の　セブンティーンの　約束を』

さきほどまで聞こえていた煩《うるさ》いほどの蟬《せみ》の声や、コンビニ店内から漏《も》れる音楽、背後《はいご》の会場から聞こえてくるざわめきがぴたりと止まる。

いま音々の耳にはこの十七音しか聞こえない。

音々は振《ふ》り返《かえ》った。

天神くんの顔をしっかりと見つめる。天神くんも音々をまっすぐ見つめ返してくる。

ずっと言えなかった想《おも》いが湧《わ》き上《あ》がってくる。

自分で口にするのは初めての十七音が、音々から飛び出す。


『奪《うば》えない　この青い春　何人《なんぴと》も』


「今度は嘘《うそ》じゃないよ。いまの私《わたし》の本『音《ね》』だよ」

「うん」と天神くんがうなずく。

「ありがとう。私を見つけてくれて」

「うん」

「ずっと言いたかったんだ」

「うん」

音々が喋《しゃべ》る。天神くんが受ける。喋る。受ける。延々《えんえん》と繰《く》り返《かえ》される。

いまこの瞬間《しゅんかん》は、ふたりにとって最初で最後の十七歳《さい》の夏。

でも、ふたりの季節は何度でも何度でも繰り返される。想《おも》いを込《こ》めた十七音とともに。

百舌涼一（もず・りょういち）

1980年、山口県周南市出身。大学卒業後、広告制作会社に就職。コピーライターを生業とする。『ウンメイト』（「アメリカンレモネード」を改題、ディスカヴァー・トゥエンティワン）で第2回本のサナギ賞を受賞し、小説家デビュー。『ゼツメッシュ！　ヤンキー、未来で大あばれ』（原題「ロストカゾク」、講談社青い鳥文庫）で、第3回青い鳥文庫小説賞金賞を受賞。おもな作品に『生協のルイーダさん　あるバイトの物語』『中退サークル』（ともに集英社文庫）、「放課後ネームゲーム」シリーズ（講談社青い鳥文庫）などがある。

2024年2月22日　第1刷発行

17《セブンティーン》シーズン　巡《めぐ》るふたりの五七五《ごしちご》

著者……百《も》舌《ず》涼一《りょういち》
発行者……森田浩章
発行所……株式会社　講談社
〒112-8001　東京都文京区音羽2-12-21
電話　編集　03-5395-3536
販売　03-5395-3625
業務　03-5395-3615

KODANSHA

カバー・表紙印刷……共同印刷株式会社
本文印刷……株式会社ＫＰＳプロダクツ
製本所……大口製本印刷株式会社
本文データ制作……講談社デジタル製作

＊この本は、書き下ろしです。

N.D.C.913　204p　20cm

ISBN 978-4-06-534453-8

鈴の音が聞こえる
伝えるということ
辻みゆき
Tsuji Miyuki

みつばちと少年

村上しいこ／著

北海道の自然に抱かれて、
小さなものたちが輝きを放つ！

クラスの中でうまくやっていけない松井《まつい》雅也《まさや》は、中1の夏休みを利用して、養蜂場を営むおじさんのいる北海道へ行くことに。

寝泊まりすることになった「北の太陽」では、さまざまな事情を抱えた子どもたちが暮らしていた。

養蜂の手伝いや、イカめしコンテストへの出場など、北海道での体験をつうじて、雅也の心に変化が起こる。

●四六版／小学上級・中学から
定価：本体 1400 円（税別）